KB264613

Meu Pé De Laranja Lima

나의 라임오렌지나무

J. M. 데 바스콘셀로스/최정은 옮김 정우희 그림

동서문화사

나의 라임오렌지나무
차례

1
크리스마스에도 때로는
악마의 아이가 태어난다
최정은 그림

철드는 아이

우리는 손을 꼭 잡고 천천히 걸었다. 또또까 형은 나를 데리고 다니면서 이것저것 가르쳐 주었다. 그런 형이 있어서 나는 매우 즐거웠다.

나는 모든 것을 집 밖에서 배웠다. 집 안에선 나 스스로 눈치껏 행동해야 하기 때문에 실수가 많았고, 걸핏하면 얻어맞기 일쑤였다.

얼마 전까지만 해도 나를 때리는 사람은 없었다. 하지만 내가 장난꾸러기라는 걸 알아차렸는지 누구나 나를 볼 때마다 사고뭉치라느니, 말썽꾸러기라느니, 억센 털 러시아 고양이 같은 녀석이라느니 욕을 해 댔다. 이런 것들은 이제 생각하기조차 싫다.

나가 놀지 않았더라면 즐겁게 노래를 부르지도 못했을 것이다.

노래란 참으로 아름다운 것이다. 또또까 형은 노래 부르는 것

말고도 휘파람을 불 줄 알았다. 나는 아무리 흉내 내도 소리가 나지 않았다. 형은 나팔입술을 만들 줄 몰라 그렇다며 나를 위로해 주었다.

그 대신 나는 '속으로 노래하는 법'을 터득했다. 처음에는 조금 어색했지만, 할수록 아주 재미가 있었다.

나는 지금도 내가 아주 어렸을 적에 엄마가 부르시던 노래들 중 하나를 기억하고 있다. 엄마는 우물에서 일을 하실 때, 햇빛을 가리기 위해 머리에 수건을 동여쓰고 허리엔 앞치마를 두른 채 한참동안 물에 손을 담가 비누거품을 내셨다. 그러고 빨래 물기를 짜 줄에 널고 장대로 빨랫줄을 받쳐 올리셨다. 엄마는 차례차례 옷을 빨아 너셨다. 그 즈음 엄마는 집안 형편이 어려워 파울랴베르 박사 댁의 빨래를 맡아 하셨던 것이다.

엄마는 키가 크고 날씬한 미인이셨다. 거무스름한 피부에, 까만 생머리를 묶지 않고 늘어뜨리면 허리까지 내려왔다. 무엇보다 엄마는 노래를 부르실 때가 가장 아름다워 보였다. 그 곁에 앉아 나는 엄마가 부르는 노래를 배웠다.

사공이여, 사공이여
야속한 뱃사공이여
당신 때문에
난 죽을 것만 같다오.

파도가 밀려와
하얀 모래밭 노닐다 밀려가면
내 사랑 뱃사공도
저 멀리 떠나간다네.

뱃사공의 사랑은
한 시간도 못 간다네,
배가 닻을 올리면
뱃사공은 떠나간다네.
파도는 다시 밀려오고……

이 노래는 지금도 나를 알 수 없는 슬픔에 잠기게 한다.
또또까 형이 갑자기 어깨를 잡아당겨서 나는 퍼뜩 정신이 들었다.
“무슨 생각하니, 제제?”
“아무 생각도 안 해. 그냥 노래하고 있었어.”
“노래?”
“응.”
“흥, 내가 귀머거린가?”
아하, 형은 아직 속으로 노래 부르는 법을 모르고 있었군? 난 입을 다물었다. 만일 형이 모른다면 가르쳐 주지 말아야지.
우리는 리오와 상파울로를 잇는 고속도로 갓길에 닿았다. 그곳에서는 차는 말할 것도 없고, 트럭, 마차, 자전거들도 쌩쌩 달린다.
“잘 봐, 제제! 이걸 잘 알아두어야 해. 먼저 이쪽 저쪽 잘 살피고. 자! 건너자!”
우리는 마구 달려 고속도로를 건넜다.
“무섭니?”
정말 무서웠지만 나는 머리를 저었다.
“다시 저쪽으로 건너자. 네가 잘하나 시험해 보겠어.”
우리는 다시 아까 그 자리로 뛰어서 건너왔다.
“자, 이젠 너 혼자 건너봐! 너도 이제 다 컸으니까 겁낼 것 없어.”

난 가슴이 두근거렸다.

"자! 지금이야. 건너!"

나는 단숨에 달려 길을 건넜다. 건너편에서 조금 기웃거리고 있으니, 형이 돌아오라는 신호를 보냈다.

"처음치고는 아주 잘했어. 하지만 한 가지 잊은 게 있어. 차가 오나 안 오나 왼쪽 오른쪽을 잘 살폈어야지. 늘 내가 신호해 줄 수는 없잖아. 돌아오는 길에 좀 더 연습하도록 하자. 지금은 네게 보여줄 곳이 있어."

형은 내 손을 꼭 쥐고 천천히 걸어갔다. 난 얼마전에 들었던 이야기가 생각났다.

"또또까 형!"

"왜?"

"철든다는 게 그렇게 굉장한 일이야?"

"무슨 바보 같은 소리니?"

"에드먼드 아저씨가 그러시는데, 난 조숙해서 곧 철이 들 거래. 그런데 하나도 달라진 기분이 안 들거든."

"에드먼드 아저씨는 바보야. 네게 쓸데없는 말이나 하면서, 머리에 복잡한 일들만 잔뜩 집어넣고 사셔."

"아저씨는 바보 아냐. 척척박사야. 나도 크면 척척박사도 되고, 시인도 될 거야. 그래서 나도 나비넥타이를 매고 다닐래. 나비넥타이를 매고 사진도 찍고 싶어."

"왜 나비넥타이를 매지?"

"시인은 나비넥타이를 매는거야. 에드먼드 아저씨가 잡지에 난 시인들 사진을 보여주셨는데, 모두 나비넥타이를 매고 있었어."

"제제, 아저씨가 말씀하시는 걸 모두 믿지 마. 에드먼드 아저씨는 허풍쟁이고 아주 거짓말을 잘하시거든."

"그럼, 아저씨가 술집여자의 아들이야?"

"애 좀 봐! 그런 말을 함부로 하면 안돼! 그렇지 않아. 난 다만 허풍쟁이라고 했어. 반미치광이 말이야."

"형이 아저씨가 거짓말을 잘한다고 했잖아?"

"그 말하고 거짓말쟁이하고 무슨 상관이 있니?"

"아냐, 상관있어. 지난번에 아버지가 쎄베리노 씨와 카드놀이를 하시다가, 라본네 아저씨를 두고 '그 늙은 술집여자 아들녀석은 거짓말쟁이라니까!'라고 했단 말이야. 그렇게 말해도 아버지 입을 때리는 사람은 아무도 없었어."

"어른들은 그런 말을 할 수 있어. 어른이라서 괜찮아."

우리는 잠시 이야기를 멈추었다.

"에드먼드 아저씨가 그게 아니라면, 으음……그럼 왜 허풍쟁이라고 불러, 또또까 형?"

형은 귀찮다는 듯이 손을 저었다.

"아저씬 허풍쟁이가 아냐. 얼마나 착하시다고. 내게 많은 걸 가르쳐 주셨고, 여태껏 날 단 한 번밖에 안 때리셨어. 그것도 아프지 않게."

또또까 형은 깜짝 놀라 물었다.

"아저씨가 널 때렸어? 언제?"

"내가 장난이 심하다고 글로리아 누나가 날 진지나 할머니 댁에 보냈었어. 그때 아저씨가 신문을 보려고 하셨는데 안경이 없어졌거든. 아저씨는 열심히 찾으셨어. 진지나 할머니께 여쭤 보았으나 할머니도 모르실 수밖에. 두 분이서 이 구석 저 구석을 찾아 헤매셨지. 그때 내가 구슬 사게 일 또스땅(브라질과 포르투갈의 화폐단위)만 주면 어디 있는지 말하겠다고 했어. 그러니까 아저씨는 조끼 있는 곳으로 가 일 또스땅을 가지고 오셨어. '돈을 줄 테니 찾아봐라' 하시잖아. 나는 빨래통으로 가서 더러운 옷 속에서 안경을 끄집어냈어. 그러자 아저씨는 화를 내셨어. '네놈 짓이었군,

이 못된 녀석아!' 하시며 내 볼기짝을 한 대 때리시곤 돈을 도로 빼앗아 가셨어."

또또까 형이 깔깔거리며 말했다.

"매 좀 덜 맞을까 해서 거길 보냈더니, 그곳에서도 매를 맞았군. 이제 빨리 가자. 이러다간 못갈지도 모르겠다."

그래도 난 계속 에드먼드 아저씨 생각을 했다.

"또또까 형, 어린애들도 퇴직자야?"

"무슨 소리야?"

"에드먼드 아저씨는 아무 일도 안 하시는데 돈을 받잖아. 일도 안 하시는데 시청에선 매달 아저씨께 돈을 드려."

"그래서?"

"애들도 아무 일 안 하고, 밥 먹고 잠만 자는데 엄마 아빠가 돈을 주시잖아."

"퇴직자는 그게 아냐, 제제. 퇴직자는 에드먼드 아저씨처럼 이미 일을 너무 많이 해서 머리가 하얗게 세고, 느릿느릿 걷는 어른을 말하는 거야. 제제, 골치 아픈 생각 좀 그만해라. 넌 아저씨께 배우는 걸 좋아하니까, 아저씨께 가서 여쭤 봐. 나한테는 그런 것 묻지 마. 그리고 너도 좀 다른 애들처럼 굴 수 없니? 말을 함부로 하는 것까진 좋아. 하지만 그 작은 머리에 제발 복잡한 것들을 가득 채우고 다니지 마. 계속 그러면 너랑 안 놀 거야."

난 마음이 상해서 더 이상 말하고 싶지 않았다. 물론 노래 부르고 싶은 생각도 싹 사라졌다. 내 마음속에서 노래 부르던 작은 새가 멀리 날아가 버린 것만 같았다.

또또까 형이 걸음을 멈추며 어떤 집을 가리켰다.

"저 집이야, 어떠니?"

하얀 벽에 파란 창문이 달린 어디서나 볼 수 있는 흔한 집이었다. 문은 모두 채워져 있었고 조용했다.

“맘에 들어. 그런데 왜 이리로 이사하지?”

“여기로 이사하는 게 더 낫기 때문이야.”

울타리 너머로, 마주보고 서 있는 망고나무(옻나무과 늘 푸른 큰키나무. 인도가 원산, 열매는 식용으로 쓰임)와 따마린두나무(열대산 늘 푸른 큰키나무. 열매도 따마린두라 함)가 보였다.

“넌 뭐든 알고 싶어 하니까, 우리 집에 일어난 일들을 눈치챘겠지? 아버지는 그냥 놀고 계시잖아, 안 그래? 아버지가 스코트 필드 씨랑 싸워서 쫓겨난 지도 벌써 여섯 달이 넘었단 말이야. 랄라 누나가 공장에서 일하는 것도 넌 모를 거야. 또 엄마가 시내에 있는 영국인 방직공장에서 일하시는 것도 넌 모르고 있어. 안 그래, 이 바보야? 모두들 이사 올 집에 낼 셋돈을 모으려고 그러는 거야. 지금 살고 있는 집은 여덟 달 치나 세가 밀려 있단 말이야. 넌 너무 어려서 그런 슬픈 일들을 몰라. 나도 집안에 조금이라도 보탬이 되려고 성당에서 복사일을 하게 될 것 같아.”

서로 한참 동안 아무 말이 없었다.

“또또까 형, 까만 표범과 암사자 두 마리도 여기로 데려올 거지?”

“물론이지. 닭장을 뜯어올 사람이 여기 있는 이 일꾼밖에 또 누가 있니?”

형은 자신의 가슴을 두드리며 말했다. 그리고 나를 안쓰럽다는 듯 쳐다보았다.

“내가 뜯어 가지고 와서 여기다 다시 만들어 줄게.”

나는 맘이 놓였다. 만약 그것이 없어진다면, 동생 루이스를 데리고 놀 거리를 만들기 위해 또 머리를 짜내야만 하기 때문이다.

“자, 봐, 제제. 내가 얼마나 너한테 잘해주니? 그러니 이젠 네가 어떻게 그 일을 해냈는지 알려줄 수 있겠지? 네가 어떻게 그것을 할 수 있게 되었는지 얘기해 줄만도 한데.”

“맹세해, 형. 정말 모르겠어. 난 모른단 말이야.”

“거짓말 마. 누구한테 배운 거지?”

“정말 배우지 않았어. 아무도 내게 가르쳐 준 사람이 없단 말이야. 만약에 누군가가 가르쳐 주었다면 아마 잔디라 누나 말대로 내가 자는 사이에 내 대부인 악마가 가르쳐 주었을 거야.”

또또까 형은 머리를 갸우뚱했다. 처음엔 자백을 받아 내려고 내 머리에 알밤을 먹이기까지 했으나 난 이야기하지 않았다.

“혼자서 그런 일을 해낼 수는 없어.”

그러나 정말 아무도 내게 그것을 가르쳐 주지 않았기 때문에 이야기할 수가 없었다. 그것은 참으로 신비로운 일이었다.

몇 주일 전에 있었던 일이다. 집 안이 온통 떠들썩했었다. 그 일은 내가 진지냐 할머니 댁에서 신문을 읽고 계신 에드먼드 아저씨 곁에 앉아 있던 때부터 시작되었다.

“아저씨!”

“뭐냐, 제제?”

아저씨는 노인들이 그렇듯이 안경을 코끝에 걸쳐 놓고서 나를 바라보셨다.

“아저씨는 읽는 걸 언제 배우셨어요?”

“아마 여섯 살, 아니 일곱 살이었을 게다.”

“다섯 살에도 읽을 수 있나요?”

“하려면 할 수 있겠지. 그러나 그렇게 쉬운 일은 아니다. 다섯 살은 너무 어리니까.”

“아저씨는 어떻게 배우셨는데요?”

“누구나 그러는 것처럼 글자카드로 배웠다. ‘ㄱ’ 더하기 ‘ㅏ’는 ‘가’하는 식으로 말이다.”

“꼭 그렇게 해야만 배울 수 있나요?”

“내가 아는 바로는 그래.”

"그럼, 모든 사람이 다 그렇게 해야만 해요?"

아저씨는 의심스런 눈빛으로 날 쳐다보셨다.

"그래, 제제. 모두들 그렇게 할 필요가 있다. 그러니 이젠 신문 좀 보게 날 내버려 두렴. 뒤뜰에 고이아바(열대 아메리카에서 나는 키 작은 나무의 열매)가 열렸는지나 가보렴."

그러더니 안경을 다시 당겨 올리고 신문으로 눈을 돌리셨다. 그러나 난 구석에 앉아 나갈 생각을 조금도 하지 않았다.

"치! 속상해!"

내 한숨 소리가 얼마나 컸는지, 아저씨는 다시 안경을 코끝으로 내려놓으셨다.

"네가 아무리 읽고 싶어도 소용없단다."

"그것 때문이 아니에요. 아저씨께 드릴 말씀이 있어 집에서 여기까지 애써 걸어왔단 말예요."

"그러면 어서 얘기해 봐라."

"싫어요. 그냥 얘기하긴 싫어요. 우선 아저씨가 언제 연금을 타시는지 알아야겠어요."

"내일 모레다."

아저씨는 나를 바라보며 빙그레 웃으셨다.

"모레가 무슨 요일이에요?"

"금요일이다."

"그럼, 금요일에 시내에서 '달빛'을 사다 주시겠어요?"

"가만있어 봐라. 제제, '달빛'이 뭐냐?"

"영화에서 본 하얀 망아지예요. 그 망아지 주인은 프레드 톰슨(서부영화의 주인공)이에요. 길들인 망아지예요."

"바퀴 달린 장난감 망아지를 사 달라는 게냐?"

"아녜요. 난 말 고삐가 달리고 머리가 까만 장난감 망아지를 갖고 싶어요. 손잡이를 달아 잡아끌며 달릴 수 있는 거요. 나중에 영화에 출연하려면 그것을 길들여 놓아야 해요.”

아저씨는 내내 웃고 계셨다.

“알겠다. 그걸 사다 주면 넌 내게 무엇을 주겠니?”

“좋은 걸 해드릴게요.”

“뽀뽀 말이냐?”

“뽀뽀보다 더 좋은 거요.”

“그러면, 껴안아 줄 테냐?”

문득 에드먼드 아저씨가 너무 안됐다는 생각이 들었다. 내 마음속의 작은 새가 이야기 하나를 기억나게 했기 때문이다. 그것은 자주 들어왔던 이야기였다. 아저씨는 아내와 다섯 아이들과 헤어져 홀로 살고 계셨다. 그런데다가 걸음도 아주 느렸다. 아저씨가 천천히 걷는 것이 자식들에 대한 그리움 때문이란 걸 누가 알수 있을까? 게다가 아저씨의 자식들은 한 번도 아저씨를 만나러 온 적이 없었다.

나는 탁자를 돌아가 아저씨의 목을 꼭 껴안았다. 아저씨의 희고 부드러운 머리카락이 내 이마를 스쳤다.

“이것은 망아지를 사 주신다기에 하는 게 아니에요. 다른 일을 해 보여 드릴게요. 읽는 것 말예요.”

“제제, 네가 글을 읽을 수 있단 말이냐? 거참, 신통한 소리구나. 누가 가르쳐 주었니?”

“아무도 가르쳐 주지 않았어요.”

나는 아저씨 곁을 떠나 문지방에 서서 말했다.

“금요일에 망아지를 사다 주시면 제가 글 읽는 것을 보여 드릴게요.”

며칠 후 저녁때였다. 잔디라 누나가 호롱불을 밝혔다. 전기세를 내지 못해 전기회사인 ‘라이트’에서 전기를 끊었기 때문이다. 나는 종이에 그려진 ‘별’을 보려고 까치발을 했다. 별 그림 아래에는 집안을 돌봐 달라고 비는 기도문이 붙어 있었다.

"잔디라 누나, 나 목말 좀 태워 줘. 이것 좀 읽게."

"장난치지마, 제제. 난 지금 굉장히 바빠."

"하지만 날 올려주면 내가 읽는 걸 볼 텐데."

"좋아, 제제. 만약 못 읽으면 가만 안 둘 테다."

누나는 나를 목에 올려놓고 문 뒤에 바짝 붙여 주었다.

"자, 읽어 봐. 내가 들을 테니."

그래서 난 기도문을 읽었다. 그것은 가정의 안녕과 축복을 빌고 악령을 쫓아 달라는 내용이었다.

잔디라 누나는 나를 바닥에 내려놓고는 입을 딱 벌리고 서 있었다.

"제제, 너 이걸 외었구나. 믿을 수가 없어."

"잔디라 누나, 맹세하지만 난 모두 다 읽을 수 있어."

"배우지 않고는 읽을 수 없어. 에드먼드 아저씨가 가르쳐 주셨니, 아니면 진지냐 할머니니?"

"아무도 가르쳐 주지 않았어."

누나는 다른 부분을 가리켰고, 나는 그것을 읽었다. 그것도 아주 정확하게. 그러자 누나는 큰 소리로 글로리아 누나를 불렀고, 글로리아 누나는 흥분해서 알라이데를 불렀다. 그러자 눈 깜짝할 사이에 이웃 사람들이 웬 소동인가 하고 달려왔다.

지금 또또까 형이 알고자 하는 것도 바로 그것이었다.

"아저씨가 네게 미리 가르쳐 주시고 나서, 네가 읽으면 망아지를 사 주겠다고 약속하셨지?"

"아냐, 그렇지 않아."

"거짓말인지 아닌지 내가 아저씨게 여쭤 볼거야."

"그럼 가서 여쭤 봐. 난 정말 어떻게 된 일인지 모르겠어. 정말이야. 만약 내가 알고 있다면 형에게 애기했을 거야."

"좋아. 두고 보자. 뭘 해 달라고 하기만 해 봐라."

형은 화가 나서 집으로 돌아가는 길로 날 확 잡아끌었다. 그리고 앙갚음할 방법이 없나 생각하는 것 같았다.

"좋아, 이 바보야. 넌 뭐든지 너무 빨리 배운단 말이야. 그러니 아마 2월엔 학교에 들어가야 할 거야."

이것은 잔디라 누나의 생각이었다. 그렇게 하면 집 안이 온종일 조용해질 테고, 학교에 가면 내가 얌전해지겠지 하는 생각에서였다.

"'리오─상파울로' 고속도로에서 연습하도록 하자. 학교에 갈 때마다 내가 따라다니며 같이 건너줄 수는 없어. 넌 무척 영리하니까 이 일도 어련히 금방 배우겠지만 말씀이야."

"망아지 여기 있다. 이젠 내게 보여줘야지."

아저씨는 신문을 펼치고 약 광고문의 한 구절을 가리켰다.

"이 약품은 모든 약국이나 그런 종류의 상품을 파는 가게에서 살 수 있습니다."

에드먼드 아저씨는 뒤뜰에 계신 진지나 할머니를 부르셨다.

"어머니, 이 애가 약국이란 말까지 정확히 읽었어요."

두 분은 내게 다른 곳을 가리켰고, 나는 모두 읽어 보였다.

그러자 할머니께선 깜짝 놀라시며 세상이 뒤바뀔 일이라고 중얼거리셨다. 결국 난 망아지를 얻었고, 다시 한 번 에드먼드 아저씨를 껴안아 드렸다. 그러자 아저씨는 내 턱을 지그시 잡더니, 감격한 듯한 목소리로 말씀하셨다.

"넌 큰 인물이 될 게다, 요 장난꾸러기야. 널 조제(모세라는 뜻)라고 부른 게 괜한 일이 아니었구나. 넌 태양이 될 거야. 별들이 네 주변에서 빛나게 될 게다."

난 무슨 말인지 알 수가 없어 아저씨를 멀거니 쳐다보았다. 그리고 아저씨는 역시 허풍쟁이라고 생각했다.

"아마 넌 이해하지 못하겠지. 이것은 이집트의 요셉에 관한 이야기란다. 네가 좀더 자라면 내가 한 이야기를 이해하게 되겠지."

난 이야기를 무척이나 좋아했다. 게다가 오히려 어려운 이야기일수록 더더욱 좋아했다.

난 내 망아지를 한참동안 쓰다듬어 주고 나서, 얼굴을 들고 에드먼드 아저씨께 여쭤 보았다.

"아저씨, 다음주쯤이면 저도 지금보다 더 많이 자라있겠죠?"

어떤 라임오렌지나무

　우리 집에서는 형과 누나들이 어린 동생들을 차례차례 맡아 보살폈다. 잔디라 누나는 글로리아 누나와 북쪽 지방에 양녀로 간 다른 누이를 돌봐주었다. 안또니오(또또까 본디 이름) 형도 잔디라 누나의 몫이었다. 랄라 누나는 얼마 전까지만 해도 나를 돌봐주었다. 누나는 나를 아주 귀여워했다. 하지만 이제는 영화배우처럼 통 넓은 나팔바지에 짤막한 저고리를 빼입은 남자친구에게 폭 빠져 내게는 시큰둥했다. 누나의 남자친구는 마치 극장 좌석 뒤에 받치는 방석처럼 짜리몽땅했다. 우리가 일요일마다 역광장에 후팅(누나 남자친구는 늘 산책을 이렇게 말했다)을 하러 갈 때마다 그는 내게 너무너무 맛있는 사탕과자를 사주곤 했다. 그것은 내 입을 막기 위한 수단이었다. 그래서 나는 에드먼드 아저씨에게조차 후팅이 무언지 물을 수 없었다.

내 아래의 동생 둘은 아주 어렸을 때 죽었다. 그래서 난 단지 애기로만 들었다. 그 애들은 까무잡잡한 피부와 까만 생머리를 가져 영락없이 삐나제 인디언이었다고 한다. 그래서 여자애는 '아라씨', 사내애는 '주란디르'라는 이름을 붙였다고 한다.

그 다음에 태어난 아이가 내 동생 루이스였다. 루이스를 가장 많이 돌봐준 사람은 글로리아 누나였고, 그 다음이 나였다. 사실 아무도 루이스를 보살펴 줄 필요가 없었다. 왜냐하면 그 애는 아주 귀엽고 착한데다가, 옆에 있는지조차 모를 정도로 매우 조용한 꼬마 녀석이었기 때문이다.

그래서 루이스를 떼어 놓고 밖에 나가 놀고 싶다가도 그 아이가 또박또박 앙증맞게 말을 걸어오면 어찌나 귀여운지 마음을 고쳐먹을 수밖에 없었다.

"제제 형, 동물원 놀이해, 응? 오늘은 비가 올 것 같지 않잖아, 응?"

이 애가 이제 제법 익살을 떠는데? 요 녀석도 곧 어른이 되겠어.

난 푸른 하늘을 올려다보았다. 거짓말은 하고 싶지 않았다. 나는 가끔 동물원 놀이가 하기 싫을 때면 이렇게 말하고는 했다.

"아니야, 루이스. 저기 폭풍이 다가오는 것 좀 봐!"

말은 그렇게 했지만 동생의 손을 잡고 뒤뜰로 갔다.

뒤뜰은 동물원과 줄리뷰 아저씨네 울타리 바로 옆의 '유럽'으로 나뉘어 있었다. 왜 '유럽'인지는 내 마음속의 작은 새조차도 모른다.

거기서 우리는 '빵 데 아쑤까르(리오데자네이로에 있는 산. 설탕빵이라는 뜻)'의 케이블카 놀이를 하며 놀았다. 끈에 낀 단추들을 가지고 노는 것이었다. 에드먼드 아저씨는 끈을 줄이라고 말씀하셨다.

난 줄을 '죽'과 혼동했다. 아저씨는 발음이 서로 비슷하지만

‘죽’은 음식이라고 설명해 주셨다. 아무튼 우리는 끈의 한 끝은 울타리에 매고 다른 한 끝은 루이스의 손에 동여매어 거기에 단추들을 꿰어 하나씩 천천히 내려 보냈다. 케이블카마다 우리가 잘 알고 있는 사람들을 잔뜩 태우고 내려왔다. 그 중에서 까만 단추는 내 흑인 친구 비리끼뉴의 케이블카였다.

그럴 때면 울타리 너머에서 곧잘 고함소리가 들려왔다.

“제제, 우리 집 울타리를 망가뜨리는 게 아니냐?”

“아녜요, 디메린다 아줌마. 전 동생과 노는 중이에요. 얌전히 놀고 있어요.”

그러나 마음속에선 내 대부인 악마가, 장난치기가 세상에서 가장 재미있는 일이라고 소곤거렸다.

“아줌마, 작년처럼 크리스마스에 달력 하나 선물해 주시겠어요?”

“그 달력으로 무얼 하게?”

“보려고요. 빵바구니 위에 걸어 둘래요.”

아주머니는 빙그레 웃으며 그러겠다고 약속하셨다. 아주머니의 남편은 ‘쉬코 프랑꼬’ 식료품 가게를 하고 계셨다.

우리는 루씨아노를 데리고 놀 때도 있었다. 처음에 루이스는 그걸 굉장히 무서워했다. 내 바짓가랑이를 잡아당기며 돌아가자고 조르기까지 했다. 하지만 루씨아노는 내 친구였다. 내가 쳐다볼 때면 굉장히 큰소리로 꽥꽥거렸다. 글로리아 누나도 루씨아노를 좋아하지 않는지 박쥐는 흡혈귀라 애들의 피를 빨아 먹는다고 말하곤 했다.

“그렇지 않아, 누나. 루씨아노는 안 그래. 그는 내 친구야. 날 알아본단 말이야.”

“넌 벌레나 물건들하고 얘기하는 나쁜 버릇이 있더라.”

루씨아노가 벌레가 아님을 납득시키는 것은 어려운 일이었다.

루씨아노는 알폰소스 들판 위를 날아다니는 비행기였다.

"저것 봐! 루이스!"

그러자 루씨아노는 우리의 말을 알아듣기라도 한 듯이 우리 주위를 빙빙 돌았다. 루씨아노가 내 말을 알아들은 것이 틀림없었다.

"루씨아노는 비행기란 말이야. 루씨아노는 지금……."

나는 머뭇거렸다. 아저씨가 여러 번 가르쳐 주셨는데 잊어버린 것이다. 극예라고 했던가 곡예라고 했던가 아니면 곡례라고 하셨던가……. 아무튼 그것들 가운데 하나인데, 에드먼드 아저씨께 다시 여쭤 봐야지. 동생한테 틀리게 가르쳐 줄 수는 없어.

다행히 루이스는 동물원 놀이를 하고 싶어했다. 우리는 낡은 닭장 앞으로 다가갔다. 닭장 속에는 땅을 후비고 있는 흰 암탉 두 마리와 너무 순해서 우리가 볏을 긁어 주기도 하는 검은 색 암탉 한 마리가 있었다.

"우선 입장권을 사도록 하자. 사람들이 많으니까 놓치지 않게 손을 꼭 잡아. 일요일엔 사람이 얼마나 많은지 아니?"

동생은 눈을 들어 사방을 훑어보더니 내 손을 더 꽉 잡았다.

난 매표소 앞에서 배를 앞으로 불쑥 내밀며 기침소리로 인기척을 냈다. 그리고 손을 주머니에 찌른 채 판매원에게 물었다.

"몇 살까지 돈을 안 내도 됩니까?"

"다섯 살까지인데요."

"그럼 어른 표 한 장만 주시오."

난 오렌지 나뭇잎 두 장을 입장권으로 따가지고 들어갔다.

"애야, 우선 예쁜 새들을 보러 가자. 알록달록한 앵무새랑 잉꼬랑 금강앵무새를 봐. 여러 가지 색의 깃털로 덮인 저 새가 무지개 빛 금강앵무새란다."

루이스는 놀랍다는 듯이 눈을 크게 떠 보였다. 우리는 이것저

것 천천히 구경했다. 주위를 너무 속속들이 둘러보다가 글로리아 누나와 랄라 누나가 등받이 없는 의자에 앉아 오렌지를 까고 있는 것까지 보고 말았다. 나를 쳐다보는 랄라 누나의 눈초리가 심상치 않았다. 벌써 들통난 건가? 그렇다면 이 동물원 놀이도 어떤 녀석 엉덩이의 몽둥이 찜질로 막을 내리겠군. 하기야 그 어떤 녀석이란 늘 나지만 말씀이야.

"제제 형, 이젠 뭘 보러 갈 거야?"

나는 다시 배를 쑥 내밀고 헛기침을 했다.

"자, 원숭이 우리 앞으로 가자. 에드먼드 아저씨가 늘 잔나비라고 부르는 원숭이 말이야."

우리는 바나나 몇 개를 사서 원숭이들에게 던져 주었다. 이것은 원래 해서는 안 되는 일이었다. 하지만 사람들이 많아 경비원들은 눈치채지 못한 것 같았다.

"너무 가까이 가지 마. 저 녀석들이 네게 바나나 껍질을 던진단 말이야, 이 꼬맹아."

"난 사자가 보고 싶어."

"그럼 저리로 가보자."

난 오렌지를 까먹고 있는 두 마리 암원숭이들이 있는 곳을 훔쳐보았다. 누나들의 이야기 소리가 사자 우리까지 들려왔다.

"다 왔어."

나는 아프리카산 순종 노랑 암사자 두 마리를 가리켰다. 그때 동생은 검은 표범의 머리를 쓰다듬어 주려고 했다.

"무슨 짓이야? 이 꼬맹아, 그 검은 표범은 동물원에서 제일 사나운 놈이야. 그 녀석은 서커스단에서 조련사의 팔을 열여덟 번이나 뜯어먹어서 이리로 보내진 거야."

루이스는 깜짝 놀라며 팔을 뒤로 뺐다.

"저게 서커스단에서 왔어?"

"그래."

"무슨 서커스단인데, 제제 형? 전엔 나한테 그런 말 한 적 없잖아."

나는 생각하고 또 생각했다. 내가 알고 있는 서커스단이 뭐가 있더라?

"아! '로젬베르크' 서커스단이야."

"그건 빵집 이름이잖아?"

요 녀석이 제법 영리해져서 속여 먹기가 점점 힘들단 말씀이야.

"이름만 같은 거야. 이젠 좀 앉아서 뭘 먹는 게 좋겠다. 우린 너무 많이 걸었어."

우리는 앉아서 먹는 시늉을 했다. 그러나 내 귀는 누나들이 얘기하고 있는 곳을 향해 있었다.

"저 앤 알고 보면 참 착한 아이야, 랄라. 저렇게 참을성 있게 동생과 놀아주는 것 좀 봐."

"그렇긴 해. 하지만 저 애처럼 말썽꾸러기인 애도 없을거야. 장난이 너무 심하단 말이야."

"저 애 핏속엔 악마가 들어 있는 게 틀림없어. 그러나 한편으로는 참 희한해. 그렇게 사고뭉치인데도 동네에선 저 앨 욕하는 사람이 없거든."

"집에선 늘 슬리퍼로 매만 맞고. 언젠가 철이 들겠지."

난 글로리아 누나에게 감사의 눈길을 보냈다. 누나는 항상 날 구해 주었다. 그리고 그럴 적마다 난 누나에게 더 이상 장난치지 않겠다고 맹세하곤 했다.

"나중에 얘기하자. 뭔가 이상해. 쟤들이 너무 조용하잖니?"

누나는 벌써 눈치를 챈 모양이었다. 내가 돌담을 넘어 셀리나 아줌마네 뒤뜰에 들어갔다는 사실을 말이다.

나는 빨랫줄에 매달려 바람에 흔들리는 그 많은 팔과 다리가 너무 신기했다. 그러자 악마가 그것을 한꺼번에 떨어뜨려 보라고 날 부추겼다. 내 생각에도 무척 재미있을 것 같았다. 그래서 난 돌담에서 아주 날카로운 유리조각을 집어 재빨리 오렌지나무 위로 기어 올라갔다. 그리고 살짝 빨랫줄을 끊어 버렸다. 하마터면 나도 함께 떨어질 뻔했다. 그때, 고함소리가 들리고 사람들이 몰려들었다.

"도와주세요. 빨랫줄이 끊어졌어요."

그러자, 어디선가 더 크게 외치는 소리가 들려왔다.

"빠울로 씨의 아들, 그 나쁜 녀석이 한 짓이 틀림없어요. 그 녀석이 유리조각을 들고 오렌지나무 위로 올라가는 걸 제가 봤어요."

"제제 형?"

"응, 루이스?"

"형은 어떻게 동물원에 관한 일들을 그렇게 많이 알아?"

"많이 가봤기 때문이야."

그것은 거짓말이었다. 사실은 모두가 에드먼드 아저씨에게서 들은 이야기였다. 아저씨는 내게 동물원에 데려가 주겠다고 약속하셨다. 하지만 아저씨의 걸음이 그렇게 느리니, 정작 가더라도 제대로 볼 수 없을 게 뻔한 노릇이었다. 또또까 형은 아버지와 단 한 번 동물원에 간 적이 있었다.

"내가 제일 좋아하는 곳은 '아자벨' 시의 '바랑 남작' 거리에 있는 동물원이야. 바랑 남작이 누군지 넌 모르지? 모르는 게 당연해. 그런 걸 알기에는 아직 어리니까. 바랑 남작 같은 사람은 분명히 하느님의 절친한 친구였을 거야. 하느님이 동물 도박(동물에 숫자를 붙여 숫자의 조합을 맞히는 브라질의 불법 도박 중 하나)과 동물원을 만드실 때 그 분이 도와드렸을 거야. 네가 조금 더 크면……."
　누나들은 아직도 그 곳에서 이야기를 나누고 있었다.
　"내가 더 크면 어떻다고?"
　"참나, 귀찮게도 묻네. 네가 크면 동물하고 동물 번호도 가르쳐 주겠다고. 스물까지만. 스물에서 스물다섯 사이엔 암소, 황소, 곰, 사슴, 호랑이가 있다는 건 기억나는데 동물의 정확한 번호는 까먹었어. 내가 한번 알아볼게. 네게 틀리게 가르쳐 주기는 싫으니까."
　동생은 동물원 놀이에 싫증이 난 것 같았다.
　"제제 형! '작은 오두막집' 좀 불러 줘."
　"여기 이 동물원에서? 사람들이 이렇게 많은데?"
　"아냐. 우린 벌써 동물원에서 나왔어."
　"그 노래는 가사가 너무 긴데. 네가 좋아하는 곳만 부를게, 응? 그게 매미가 나오는 부분이었지, 아마?"
　나는 가슴을 꼿꼿이 폈다.

　　당신은 내가 태어난 곳을 아시나요.
　　그 곳은 작은 오두막이랍니다.
　　과수원이 딸려 있는
　　아주 작은 오두막이랍니다.
　　높은 산언덕에 있어
　　멀리 바다가 보인답니다.

　난 몇 구절을 슬쩍 건너뛰었다.

　　아름다운 야자나무 사이로
　　황금빛 해가 서산에 질 때면

매미들이 노래한답니다.
처마 끝으로 지평선이 보이고
정원에는 분수가 노래하고
분수가에 꾀꼬리 한 마리가 노래합니다.

　노래를 끝냈다. 누나들은 여전히 날 기다리고 있었다. 문득 좋은 생각이 떠올랐다. 노래를 부르면서 시간을 끌자는 것이었다. 그러면 혹시 누나들 맘이 변할지 모르는 일이었기 때문이다.
　어떤 걸 부를까. 난 '작은 오두막집'을 전부 다 불렀다. 그리고 다시 한 번 부르고 나서 '그대의 사랑스런 여행자들이여'와 '라모나'까지 불렀다. '라모나'는 가사가 다른 두 가지를 모두 불렀다. 그러고 나니 더 이상 아는 노래가 없었다. 눈앞이 깜깜해졌다. 결국 오늘도 매를 맞고야 말 것 같았다. 그래서 난 결심을 하고 누나들이 있는 곳으로 걸어갔다.
　"자, 랄라 누나. 때릴 테면 때려."
　누나에게 등을 돌렸다. 누나가 슬리퍼로 너무 세게 때린다는 걸 알고 있었기 때문에 이를 꽉 물었다.

　엄마가 말씀하셨다.
　"오늘은 모두 새 집을 보러 가자."
　또또까 형은 날 한쪽으로 불러내 소곤거렸다.
　"새 집에 이미 갔다왔다고 하면 가만 안 둘 테야. 명심해!"
　그러나 난 꿈에도 그런 생각을 해 본 적이 없었다.
　우리는 새 집을 향해 걸어갔다. 글로리아 누나는 내 손을 꽉 잡으며 단 일 분이라도 떨어지지 말라고 당부했다. 난 다른 손으로 루이스의 손을 잡고 걸어갔다.
　"엄마, 언제 이사 가요?"

엄마는 어쩐지 슬픈 목소리로 말씀하셨다.

"크리스마스 다음다음 날부터는 이삿짐을 싸기 시작해야 할 거다."

피로에 지친 목소리였다. 엄마가 몹시 불쌍해 보였다. 엄마는 공장이 들어서던 여섯 살 때부터 일을 하셨다. 사람들이 엄마를 작업대 위에 올려놓으면 엄마는 쇠붙이를 닦고 훔쳐야만 했다. 너무 어려서 혼자 내려올 수 없었기 때문에 그 위에서 소변을 봐야 했다. 학교에도 가보지 못하셨고 읽기를 배운 적도 없으셨다. 이 이야기를 들었을 때 난 너무 마음이 아팠다. 그래서 내가 커서 시인이 되고 척척박사가 되면 내 시를 꼭 읽어 드리겠다고 약속했다.

상점의 진열대는 크리스마스 분위기를 한층 돋우고 있었다.

진열장 문마다 산타클로스가 그려져 있었다.

상점들 안은 혼잡한 크리스마스 당일을 피해 미리 카드를 사러 나온 사람들로 붐볐다. 난 이번 크리스마스엔 꼭 하느님의 착한 아이가 되게 해 주십사 하는 희망을 품었다. 아무튼 나도 철이 들면 좀 나아질 것 같기도 했다.

"다 왔다."

지금 살고 있는 집보다 조금 작았지만 모두들 좋아했다. 또또까 형이 대문에 매인 철사줄을 푸는 어머니를 도와 문을 열고 들어갔다. 글로리아 누나는 내 손을 뿌리치고, 벌써 처녀가 다 됐다는 사실도 잊은 채 몸을 흔들며 달려가 망고나무를 껴안았다.

"이 망고나무는 내 거야. 내가 제일 먼저 잡았으니까."

또또까 형도 따마린두 나무 한 그루를 껴안고 누나와 똑같이 말했다. 내게 남겨진 것은 하나도 없었다. 그래서 난 울상을 지으며 글로리아 누나를 쳐다보았다.

"그럼 나는, 고도이아(글로리아의 애칭) 누나?"

“저기 뒤쪽으로 가 봐. 나무가 더 있을 거야, 바보야.”

달려가 보았지만 거기엔 수북하게 자란 풀밖에 없었다. 그리고 가시가 잔뜩 난 늙은 오렌지나무가 몇 그루 있었고, 흙담 곁으로 조그마한 라임오렌지나무 한 그루가 서 있을 뿐이었다.

내가 시무룩해서 돌아와 보니, 모두들 침실을 둘러보며 저마다 자기 방을 정하고 있었다.

난 글로리아 누나의 치마를 잡아당겼다.

“아무것도 없어.”

“잘 찾아보지 않아서 그래. 내가 찾아 줄 테니 잠깐 기다려.”

잠시 뒤 누나는 나와 함께 오렌지나무들을 살펴보았다.

“넌 저 나무가 싫으니? 저게 얼마나 멋진 오렌지나무니?”

멋진 구석은 하나도 없었다. 이것도 저것도 그 어느 것 하나 맘에 들지 않았다. 나무란 나무는 모두 가시만 잔뜩 돋아 있었다.

“저런 못생긴 것들을 갖느니 차라리 저 꼬마 라임오렌지나무를 갖겠어.”

“어디 있는데?”

우리는 라임오렌지나무 있는 곳으로 갔다.

“어머, 참 예쁜 라임오렌지나무네. 가시도 하나 없어. 멀리서 봐도 라임오렌지나무란 걸 금방 알겠다. 내가 너라면 딴 나무는 바라지도 않겠다, 얘.”

“그렇지만 난 아주 커다란 나무가 좋단 말이야.”

“잘 생각해 봐, 제제. 나무가 아직 어리지 않니? 이제 곧 커다란 나무가 될 거야. 너랑 같이 크는 거야. 그럼 너희들은 형제처럼 사이좋게 지낼 수 있잖아. 저 가지들 좀 봐. 그래, 이 나무밖에 없는 것은 사실이야. 하지만 네가 탈 수 있도록 만든 망아지 같지 않니?”

나는 내가 세상에서 가장 불쌍한 아이라고 생각했다. 천사들이 그려진 스코틀랜드 술병이 생각났다. 그때도 랄라 누나는 천사 하나를 골라 "이것이 나야"라고 말했다. 그랬더니 글로리아 누나도, 또또까 형도 자기 걸 골랐다. 그런데 난 뭐람? 왜 내가 늘 마지막이어야만 하지? 날개도 없이 얼굴만 있는 네 번째 천사가 내 것이라니? 두고 봐. 내가 크면 아마존 밀림을 다 살 거야. 그럼 하늘을 꿰뚫을 듯한 나무들은 모두 내 것이 되겠지. 천사가 잔뜩 그려진 술병으로 꽉 찬 가게도 살 거야. 날개 한쪽이라도 절대 안 주겠어.

나는 골이 잔뜩 나서 땅바닥에 주저앉았다. 그리고 라임오렌지 나무에 기대어 마음을 가라앉혔다.

"제제, 금세 화가 풀릴 거야. 내 말이 맞는지 아닌지 두고 봐."

글로리아 누나는 웃으며 가 버렸다.

나뭇가지로 땅을 파고 있자니 울음도 차츰 잦아들었다. 그때 내 마음속 어딘가에서 어떤 소리가 들려왔다.

"난 네 누나가 옳다고 생각해."

"언제나 자기들 말만 맞다고 그래. 옳지 못한 건 늘 나뿐이야."

"그렇지 않아. 네가 날 자세히 보면 맘이 달라질 거야."

나는 깜짝 놀라 벌떡 일어섰다. 그 어린 나무를 자세히 살펴보았다. 지금까지 내가 사물들과 이야기할 수 있었던 것은 내 마음속의 작은 새가 말을 해주기 때문이라고 생각했는데, 신기한 일이었다.

"바로 네가 말을 하고 있는 거니?"

"지금 듣고 있으면서 그러니?"

나무는 나지막이 웃었다. 난 너무 놀라서 하마터면 송아지 같은 울음소리를 내며 뒤뜰을 뛰쳐나갈 뻔했다. 그러나 호기심이 날 묶어놓았다.

"어디로 말하는 거니?"

“나무는 몸 전체로 얘기해. 잎으로도 얘기하고, 가지와 뿌리로도 얘기한단다. 들어 볼래? 그럼 네 귀를 내 몸에 대어 봐. 내 가슴이 뛰는 소릴 들을 수 있을 거야.”

난 조금 망설였으나, 나무도 나처럼 작다고 생각하니 두려움이 사라졌다. 귀를 대어 보니 ‘탁탁’ 하는 소리가 아련히 들렸다.

“들었지?”

“한 가지만 말해 줄래? 누구나 너랑 얘기할 수 있니?”

“아니, 오직 너하고만.”

“정말?”

“맹세할 수 있어. 어떤 요정이 말해 주었어. 너처럼 작은 꼬마와 친구가 되면 말도 할 수 있게 되고 아주 행복해질 거랬어.”

“그럼 기다려 줄 수 있니?”

“뭘?”

“내가 이사 올 때까지 말이야. 아직도 일주일은 더 있어야 해. 그때 가서 네가 말하는 걸 잊어버리면 어떡하니?”

“절대로 잊지 않아. 다시 말하지만 난 너하고만 얘기해. 참, 내가 얼마나 부드러운지 시험해 볼래?”

“어떻게?”

“내 가지에 올라타 봐.”

나는 그가 시키는 대로 했다.

“자, 이젠 약간 흔들어. 그리고 눈을 살짝 감아봐.”

역시 나무가 시키는 대로 했다.

“어때? 네가 태어나서 이제껏 나보다 더 좋은 망아지를 타 본 적 있어?”

“없어. 너무 좋아. 난 ‘달빛’ 망아지를 동생에게 줘 버릴 테야. 너도 그 애를 좋아하게 될 거야, 알겠니?”

나는 뿌듯한 기분으로 라임오렌지나무에서 내려왔다.

“있잖아, 약속할게. 이사 오기 전이라도 될 수 있는 대로 자주 올게. 이젠 그만 가야 해. 모두들 저기 나가고 있잖아.”

“하지만 친구야. 이렇게 헤어지긴 싫어.”

“쉬! 저기 누나가 와.”

내가 나무를 껴안고 있는 바로 그때 글로리아 누나가 다가왔다.

“잘 있어, 친구! 넌 세상에서 가장 멋진 나무야.”

“거봐, 내 말이 맞지?”

“그래, 맞아. 이젠 누나나 형이 이 나무를 망고나무나 따마린두나무와 바꾸자고 빌어도 절대 안 바꾸겠어.”

누나는 다정스레 내 머리를 쓰다듬었다.

“요 작고 귀여운 녀석!”

우리는 손을 잡고 걸어 나왔다.

“고도이아 누나, 누나는 누나의 망고나무가 얼간이 같다고 생각지 않아?”

“아직은 잘 모르겠어. 약간 그런 것 같기도 해.”

“또또까 형 나무는?”

“그래 거의 쓸모가 없어. 그런데 왜?”

“얘기해도 좋을지 모르겠어. 하지만 언젠가 누나에게만은 기적을 애기해 줄게.”

가난에 찌든 손가락

에드먼드 아저씨에게 걱정거리를 털어놓았을 때, 아저씨는 아주 진지하게 들어 주셨다.

"네가 걱정하는 게 바로 그것이냐?"

"네, 아저씨. 루씨아노가 우리랑 같이 이사 가지 않을까봐 걱정이에요."

"넌 그 박쥐가 널 굉장히 좋아한다고 생각하니?"

"그럼요."

"마음속 깊이?"

"틀림없어요."

"그렇다면 그 박쥐는 꼭 갈게다. 늦게 갈지도 모르지. 그러나 언젠가는 꼭 너네 집을 찾아낼 거야."

"이사 갈 집 주소도 가르쳐 주었어요."

“그렇담 더욱 쉬운 일이지. 만약 그 박쥐가 가지 않으면 그건 다른 약속이 있기 때문일 게다. 그럴 땐 자기 형제나 사촌들을 보낼 거야. 그래도 넌 그게 다른 박쥐란 걸 알아차리지 못할 게야.”

그래도 걱정이 됐다. 만일 루씨아노가 글을 읽을 줄 모른다면 집 주소가 무슨 소용이 있단 말인가? 박쥐도 작은 새나 사마귀나 혹은 나비에게 물어서 올 수 있을까?

“걱정마라, 제제. 박쥐는 방향감각이 있으니까.”

“뭐가 있다고요, 아저씨?”

아저씨는 방향감각이 무엇인지 자세히 설명해 주셨다. 난 점점 더 아저씨의 해박한 지식에 감탄하게 되었다.

걱정거리가 사라지자 난 모두들 듣고 싶어 하는 이사 애기를 해주러 거리로 나왔다. 사람들에게 애기하자 어른들은 대부분 잘된 일이라고 말했다.

“너희 이사한다며, 제제? 잘됐다. 다행이야. 한시름 놓겠구나.”

기뻐하지 않는 사람은 비리끼뉴뿐이었다.

“다른 데로 이사 가더라도 잘 지내자. 사이좋게 지내자, 응? 그런데 내가 말했던 거 생각해 봤니?”

“언제지?”

“내일 여덟 시. 방구 오락장 정문에서 있대. 소문에 의하면 주인이 장난감을 한 트럭 사 온다고 했대. 너도 갈래?”

“루이스를 데리고 갈게. 그런데 나한테도 장난감을 줄까?”

“물론이지. 이렇게 콩알만 한데. 넌 네가 어른이라고 생각하니?”

그는 내게 바싹 다가와 섰다. 그래서 난 내가 아직도 작다는 것을 알았다. 그것도 내가 생각했던 것보다도 훨씬 작다는 것을.

“나도 장난감을 받을 수 있단 말이지? 그렇다면 지금 할 일이 있어. 내일 거기서 만나자."

난 집으로 돌아와 글로리아 누나 곁을 맴돌았다.

"또 뭐니?"

"누나, 우리 좀 데려다 줘. 장난감을 산더미 같이 실은 트럭이 시내에서 온대."

"이봐, 제제. 난 할 일이 태산 같아. 옷도 다려야 하고 잔디라 언니가 이삿짐 싸는 것도 도와야 해. 부엌일도 해야 하고."

"레알렝고 시에서 사관생도 한 소대가 온대."

누나는 자신이 루디라고 부르는 영화배우 루돌프 발렌티노의 사진을 노트에 모으는 것 말고도 사관생도라면 무조건 좋아하는 나쁜 버릇이 있었다.

"사관생도들이 아침 여덟 시에 어떻게 오니? 날 바보로 만들려고, 요것아! 나가 놀기나 해, 제제!"

난 나가지 않았다.

"알잖아, 누나? 난 괜찮아. 하지만 루이스에게 데려다 주겠다고 약속했단 말이야. 그 앤 아직 어리잖아. 그런 어린 애들은 크리스마스 생각만 한단 말이야."

"제제! 내가 못 간다고 몇 번 말했니? 그리고 루이스 핑계 대지 마. 정말 가고 싶은 건 너잖아. 살다 보면 앞으로도 크리스마스는 얼마든지 있어."

"만일 죽게 된다면? 그럼 이번 크리스마스에 선물도 못 받고 죽게 된다고."

"넌 그렇게 일찍 죽지 않아. 넌 아마 에드먼드 아저씨나 베네딕트 아저씨보다 곱절은 더 살걸. 자 이젠 그만하고 나가 놀아."

난 꼼짝하지 않았다. 누나 옆에 바싹 달라붙어 성가시게 굴었다. 누나가 옷장에 무언가 가지러 가면 흔들의자에 앉아 애원하는 눈빛으로 바라보았다. 누나에겐 그런 눈빛이 효과가 있었기 때문이다. 누나는 물독에 물을 푸러 갔다. 나도 따라가 문지방에 앉아 쳐다보았다. 또 빨랫감을 가지러 방으로 가자 따라 들어가 턱을 괴고 침대에 앉아 누나를 바라보았다.

마침내 누나는 폭발하고 말았다.

"그만해! 제제, 몇 번이나 못 간다고 그랬잖아! 제발 귀찮게 굴지 말고 나가 놀아."

그래도 난 나가지 않았다. 아니 다시 말해 나가지 않겠다고 맘 먹은 것이다. 왜냐하면 누나가 날 반짝 들어서 문 밖 뒤뜰에 내려 놓았기 때문이다. 누나는 집 안으로 들어가 부엌문과 방문을 닫아걸었다. 그래도 난 포기하지 않았다.

누나가 지나가는 창문마다 쫓아다니며 얼굴을 내밀었다. 누나는 집 안 먼지를 털고 침대 정리를 하면서 나와 눈길이 마주치기만 하면 그 창문을 닫아버렸다. 내가 볼 수 없도록 집 안 문을 온통 잠가 버린 것이다.

"야, 이 악마야! 억센 털 러시아 고양이야! 넌 사관생도한테는 절대 시집 못 갈 거야. 군화 닦을 돈도 없는 가난뱅이 졸병하고나 결혼해라!"

난 괜히 시간만 낭비한 것 같아 다시 밖에 나가 놀기로 했다.

밖에는 나르디뉴가 장난을 치고 있었다. 그는 웅크리고 앉아 넋이 빠진 듯 땅바닥을 들여다보고 있었다. 가까이 가보니 그는 여태 내가 본 적이 없을 정도로 큰 딱정벌레를 성냥갑에 묶어 수레놀이를 하고 있었다.

"와—!"

"굉장히 크지, 안 그래?"

"바꾸자."

"뭐하고?"

"그림딱지하고."

"몇 장?"

"두 장."

"야, 우습다, 우스워. 이렇게 큰 딱정벌레와 딱지 두 장이라니."

"그까짓 딱정벌레는 우리 에드먼드 아저씨네 담에도 잔뜩 있어."

"세 장 주면 바꿀게."

"좋아, 고르긴 없기다?"

"그렇담 싫어. 최소한 두 장은 골라야지 뭐."

"좋아."

나는 여러 장 있는 '라우라 라 뻴란체'의 그림딱지를 한 장 주었고, 그는 '후드 깁슨'과 '빠스머 루드밀러'를 골랐다. 난 딱정벌레를 호주머니에 넣어 가지고 그 자리를 떠났다.

"빨리 해, 루이스. 글로리아 누나는 빵 사러 갔고, 잔디라 누나는 흔들의자에서 책 보고 있어."

우리는 골마루를 뛰어나갔다. 난 동생의 오줌을 누였다.

"실컷 눠. 대낮에 길에다 눌 순 없잖아."

그리고 물독으로 데리고 가 얼굴을 씻겼다. 나도 세수를 하고 방으로 돌아왔다.

그 다음엔 소리 없이 동생의 옷을 갈아입혔다. 신발도 신겼다. 거지같은 양말은 거치적거리기만 했다. 파란 양복의 단추를 채워 주고 빗을 찾아 머리도 빗겼다. 그러나 머리는 좀처럼 차분히 가라앉지 않았다. 무슨 수를 써야 할 것 같았다. 포마드나 기름을 찾았으나 아무 데도 없었다. 난 부엌으로 가 손끝에 돼지기름을 조금 묻혀 왔다. 그리고는 손바닥에 대고 비벼 바르기 전에 냄새를 맡아 보았다.

“아무 냄새도 안 나.”

루이스 머리에 기름을 바르고 빗질을 하니 머리 모양이 아주 예뻐졌다. 수북한 곱슬머리 때문에 마치 양을 등에 업은 성 요한 같아 보였다.

“옷 구겨지지 않게 가만히 서 있어. 내가 옷 입는 동안.”

바지와 흰 셔츠를 입는 동안에도 난 동생만 바라보았다.

“정말 귀엽다! 이 방구 시에서 너만큼 예쁜 애는 없을 거야.”

나는 내년에 학교에 입학할 때까지 아껴 신어야 할 운동화를 신었다. 그러면서도 계속 루이스만 바라보았다.

예쁘장하게 꾸며서인지 마치 어린 시절 예수의 모습과 비슷했다.

‘저 앤 선물을 많이 받을 거야. 장담해. 사람들이 저 애를 보면 ……’

나는 가슴이 두근거렸다. 글로리아 누나가 돌아와 상을 차리고 있었다. 빵을 사 온 날에는 포장지 소리만 들어도 알 수 있었다.

난 루이스의 손을 잡고 누나 앞으로 갔다.

“고도이아 누나, 애 정말 예쁘지? 내가 해 줬어.”

난 누나가 화를 낼 줄 알았으나, 누나는 몸을 문에 기대고 위만 쳐다보았다. 누나가 고개를 내렸을 때 두 눈에는 눈물이 가득 고여 있었다.

“너도 아주 예뻐. 오, 제제!”

누나는 무릎을 꿇고 내 머리를 그녀의 가슴에 안아 주었다.

“오! 산다는 게 왜 이렇게 힘들기만 할까?”

누나는 마음을 가라앉히고 우리의 차림새를 고쳐 주었다.

“너희들을 데려다 줄 수 없다고 내가 말했지. 지금도 마찬가지야, 제제. 난 할 일이 너무 많아. 우선 아침을 먹으면서 생각해 보자. 난 가고 싶어도 몸치장할 시간이 없어.”

누나는 머그잔을 내어 놓고 빵을 잘랐다. 그러는 동안에도 계속 애처로이 우리를 바라보았다.

"그까짓 싸구려 고물 장난감을 얻자고 이런 고생을 해야 하다니. 게다가 그들이 가난한 사람들에게 좋은 물건을 줄 리도 없잖아. 가난한 사람들이 얼마나 많은데."

잠시 생각해 보더니 누나는 말했다.

"그래, 이번이 마지막 기회일지도 몰라. 너희들이 간다니 말릴 수도 없고. 그러나 어쩌지? 너희들은 너무 어려."

"내가 잘 데리고 갈게. 손 꼭 잡고 가면 되잖아, 고도이아 누나. '리오-상파울로' 고속도로를 건너지 않아도 갈 수 있어."

"그래도 위험해."

"아냐, 괜찮아. 난 방향감각이 있단 말이야."

누나는 슬픔 속에서도 웃음을 감추지 못했다.

"누가 그런 말을 가르쳐 주던?"

"에드먼드 아저씨가. 아저씨는 루씨아노에겐 방향감각이 있다고 말씀하셨어. 나보다 작은 루씨아노가 방향감각이 있다면 난 더 큰 걸 갖고 있대."

"잔디라 언니와 얘기해 볼게."

"시간 낭비야. 그냥 내버려 둬. 잔디라 누나는 소설이나 읽고 남자친구 생각만 하잖아. 아무 것도 상관하려 하지 않을 거야."

"이렇게 하자. 우선 아침을 마저 먹고 밖으로 나가자. 만약 그쪽으로 가는 사람이 있으면 내가 너희들을 데려다 달라고 부탁할게."

난 늦을까봐 빵도 먹고 싶지 않았다. 우리는 밖으로 나갔다. 지나가는 사람은 하나도 없고 시간만 자꾸 흘러갔다.

드디어 한 사람이 나타났다. 우체부 빠이샹 아저씨가 나타난 것이다. 그는 모자를 흔들며 누나에게 인사했다. 그는 기꺼이 우리를 데려다 주겠다고 했다.

글로리아 누나는 루이스와 내게 입을 맞추었다. 그녀는 감격에 찬 목소리로 웃음을 띤 채 말했다.

"가난뱅이 졸병과 군화가 어떻다고?"

"진심이 아니었어. 누나는 어깨에 별을 잔뜩 단 공군 소령과 결혼하게 될 거야."

"왜 또또까랑 함께 가지 않니?"

"또또까 형은 거기에 가기 싫대. 우리가 짐이 되니까 싫은 걸 거야."

우리는 출발했다. 빠이샹 아저씨는 우리를 앞서 걷게 했다. 그리고 집집마다 편지를 전해 준 뒤 발걸음을 재촉해 우리를 따라 잡았다. 얼마나 한참 걸었을까? '리오—상파울로' 고속도로에 다다르자 그는 웃음 띤 얼굴로 말했다.

"애들아, 난 매우 바쁘단다. 너희들 때문에 내 일이 너무 늦어져요. 이젠 위험한 길도 없고 하니 너희들끼리 이쪽으로 쭉 가도록 해라."

그러고는 편지 보퉁이를 멘 채, 급히 가 버렸다.

생각해 보니 화가 났다.

"비겁해! 글로리아 누나에게 우릴 데려다 주겠다고 약속해 놓고, 이제와선 길거리에 두 어린앨 내버리고 가겠다는 건가."

나는 루이스의 손을 더 꽉 잡고 걸어갔다. 동생은 지치기 시작했다. 걸음도 점점 느려졌다.

"힘 내, 루이스. 다 왔어. 장난감을 갖게 되는 거야."

루이스는 좀 힘을 내는 것 같더니 다시 처지기 시작했다.

"다리 아파, 제제 형."

"조금 업어 줄까, 응?"

루이스는 팔을 벌려 내게 업혔다. 마치 납덩이처럼 무거웠다.

쁘로그레수 거리에 다다랐을 땐 오히려 내가 헐떡거렸다.

"이젠 너 혼자 조금 걸어 봐."

교회종이 여덟 시를 알렸다.

"어떡하지? 일곱 시 반까지는 갔어야 했는데. 하지만 걱정 마. 사람들이 많이 왔어도 장난감은 남았을 거야. 트럭으로 가득 싣고 온다고 했잖아."

"제제 형, 발이 아파."

나는 루이스의 발을 내려다보았다.

"신발 끈을 조금 느슨하게 풀자."

우리의 발걸음은 점점 더 느려졌다. 아무리 가도 시장은 나타나지 않았다. 시장을 지나서도 초등학교를 거쳐 오른쪽으로 돌아가야 방구 오락장 거리가 나온다. 시간은 나는 듯이 흘러갔다.

우리는 거의 죽을상이 되어 도착했다. 그러나 거기에는 아무것도 없었다. 장난감을 나눠 주었던 흔적조차도 없었다. 아니 있기는 있었다. 장난감을 쌌던 포장지들이 구겨진 채 길가에 널려져 있었다. 모래밭은 찢어진 포장지들로 알록달록했다.

내 가슴은 걱정으로 두근대기 시작했다.

우리는 오락장의 문을 닫고 있는 꼬끼뉴 아저씨 앞으로 다가갔다. 그리고 열에 들뜬 얼굴로 그에게 물었다.

"꼬끼뉴 아저씨, 벌써 다 끝났어요?"

"다 끝났다, 제제. 너무 늦게 왔구나. 발 디딜 틈 없이 붐볐단다."

그는 문을 반쯤 닫고는 착하게 웃어 보였다.

"아무 것도 남지 않았단다. 내 조카들 줄 것도 못 남겼지."

그러고는 문을 마저 닫고 길거리로 나왔다.

"내년엔 좀더 일찍 오도록 해라. 요 잠꾸러기들아!"

"걱정 마세요."

사실은 괜찮지 않았다. 너무도 슬프고 속상했다. 차라리 죽고 만 싶었다.

"여기 좀 앉자. 쉬어야겠어."

"목말라, 제제 형."

"로젬베르크 아저씨 댁 앞을 지날 때 물 한 컵 얻어 줄게. 한 컵으로도 둘이 실컷 마실 수 있어."

그때서야 동생은 모든 비극을 알아챈 듯했다. 입을 비쭉 내민 채 눈을 하얗게 뜨고 날 흘겨보았다.

"걱정 마, 루이스. 너 내 망아지 '달빛' 알지? 또또까 형에게 손잡이를 고쳐 달라고 부탁해서 크리스마스 선물로 네게 줄게."

루이스는 소리 내어 엉엉 울었다.

"울지 마, 울지 마. 넌 왕이야. 아빠가 그러시는데, 네 이름을 루이스라 지은 건 그게 왕의 이름이기 때문이래. 왕이 길바닥에 서 울 수 있니? 더군다나 남들 앞에서, 응?"

나는 동생의 머리를 가슴에 안고 곱슬머리를 쓰다듬어 주었다.

"내가 이다음에 크면, 마누엘 발라다리스 씨의 것처럼 멋진 차 를 사 줄게. 포르투갈 사람 말이야, 생각나? 우리가 저번에 망가 라치바 (히우지자네이루와 상파울로 사이를 운행하는 열차)를 전송하려고 역에 갔을 때 우리 곁을 스쳐간 사람 있잖아. 그런 멋진 차에 선물을 가득 실어서 너만 줄게. 자, 이젠 뚝 그쳐. 왕은 울지 않는 거니 까, 너도 울지 마, 응?"

내 가슴은 안쓰러움으로 터질 것만 같았다.

"꼭 선물 준다고 약속할게. 훔치거나 나쁜 짓을 해서라도……."

이런 이야기를 하는 건 내 마음속의 작은 새가 아니었다. 그것 은 분명히 내 마음이 하는 소리였다.

'왜 이래야만 할까? 왜 착한 아기 예수는 날 싫어하지? 외양간의 당나귀나 소들까지도 좋아하면서, 왜 나만 싫어할까? 내가 악마 같은 아이라서 벌을 주는 건가? 만약 내게 벌을 주는 거라면 왜 내 동생 루이스에게는 선물을 주지 않는 거지? 이렇게 천사 같은 루이스에겐 온당치 않은 일이잖아. 하늘의 천사도 우리 루이스만큼 착하진 못할 텐데…….'

그러자 바보처럼 눈물이 흘러내렸다.

"제제 형, 울어?"

"금방 괜찮아질 거야. 난 너처럼 왕도 아니잖아. 난 아무래도 상관없어. 난 아무 데도 쓸모없는 아이야. 난 아주 나쁜 애야. 정말 정말 나쁜 애. 그래서 그래."

"또또까 형, 새 집에 가봤어?"

"아니. 넌?"

"되도록 자주."

"왜?"

"밍기뉴가 잘 있는지 궁금해서."

"밍기뉴? 또 어떤 악마냐?"

"내 라임오렌지나무야."

"썩 어울리는 이름이구나. 넌 이름 짓는 데는 뭔가 있어."

형은 씩 웃고는 망아지 '달빛'의 새 몸이 될 막대기를 계속 갈았다.

"그래, 어떻던?"

"조금도 자라지 않는 것 같아."

"그렇게 밤낮 쳐다보고 있으면 자라지 않아. 어때, 예쁘지? 이런 손잡이를 만들어 달라는 거였지?"

"응. 또또까 형은 뭐든지 잘 만들잖아. 형은 새장, 닭장, 울타리, 문까지 만들 수 있잖아."

“누구나 다 나비넥타이를 맨 시인이 되려고 태어난 게 아니잖
아. 너도 맘만 먹으면 배울 수 있어.”

“난 못할 거야. 그런 걸 하려면 ‘소질’이 있어야 해.”

형은 얘기를 잠깐 멈추고, 에드먼드 아저씨가 내게 새로 가르
쳐 주었음직한 이 말이 못마땅하다는 듯 웃었다.

부엌에서는 진지냐 할머니가 포도주에 적신 빵을 만들고 계셨
다. 우리 집 크리스마스 만찬이었다. 그게 고작이었다. 그래도 난
또또까 형에게 이렇게 말했다.

“저런 것마저 못 먹는 사람들도 있어. 그리고 에드먼드 아저씨
가 내일 점심에 먹을 과일 샐러드랑 포도주 살 돈도 주셨어.”

또또까 형은 방구 오락장에서 있었던 일을 알고 있었는지 내
부탁을 순순히 들어 주었다. 루이스만은 선물을 받을 수 있는 것
이다. 낡고 때 묻은 것이라도 내가 제일 아끼고 사랑하는 것을.

“또또까 형.”

“응?”

“크리스마스 날 정말 선물을 못 받을까?”

“못 받을 거야.”

“진심으로 얘기해 봐. 형도 다른 사람들이 말하듯이 내가 그렇
게 나쁜 아이라고 생각해?”

“아주 나쁜 아이는 아냐. 네 핏속에 악마가 들어 있는 게 문제
지.”

“이번 크리스마스엔 악마가 없어지길 나도 빌어. 일생에 단 한
번이라도 내 속에 악마 소년 대신 착한 아기 예수가 태어났으면
해.”

“혹시 아니? 내년에는 태어날지. 너도 나처럼만 해.”

“어떻게?”

“난 아무것도 바라지 않잖아. 그래야 실망도 안 하거든. 아기

예수도 사람들이 말하듯 그리 좋은 애는 아냐. 신부님도 꼭 천주교리가 가르치는 대로 하시진 않잖아?”

형은 말을 멈추었다. 그리고 잠깐 망설이는 것 같았다.

“무슨 소리야?”

“좋아, 얘기하지. 너는 장난이 너무 심해 선물을 받을 만한 자격이 없다고 치자. 하지만 루이스는?”

“천사 같아.”

“글로리아 누나는?”

“마찬가지야.”

“그럼 난?”

“음, 때때로 내 물건을 훔쳐가지만 그래도 꽤 착한 편이야.”

“랄라 누난?”

“아주 세게 때리지만 그래도 착해. 언젠가 내 나비넥타이를 만들어 줄 거야.”

“잔디라 누난?”

“그저 그래. 그래도 나쁘진 않아.”

“엄마는?”

“아주 착하셔. 날 때리실 때도 불쌍히 여겨 살살 때리시거든.”

“아버지는?”

“음, 그건 잘 모르겠어. 아버지는 운이 없으셔. 내 생각엔 아버지도 나처럼 식구들 중에선 나쁜 사람인 것 같아.”

“그렇다면 우리 식구는 거의 모두 좋은 사람들이잖아. 그런데 왜 아기 예수는 우리에게 잘해 주지 않느냔 말이야? 파울랴베르 박사 댁엘 가봐. 찬장에 먹을 것이 가득해. 빌라스보아스 댁도 그래. 라이문드 빠스 박사 댁은 더 말할 것도 없어.”

난 처음으로 또또까 형이 우는 걸 보았다.

“그래서 난 아기 예수가 가난하게 태어났지만 오히려 가난한 사람들을 싫어한다고 생각해. 자라면서 부자들이 더 소용 있다고 깨달은 거야. 이젠 이런 얘기 그만두자. 이런 말 하면 죄가 된대.”

형은 풀이 죽어 더 이상 말도 못했다. 고개도 들지 못하고 망아지만 쓰다듬을 뿐이었다.

얼마나 슬픈 크리스마스 저녁이었던지 난 생각조차 하기 싫다.

모두들 말없이 식사를 했다. 아버지는 빵만 조금 맛보셨을 뿐이었다. 아버지는 면도조차 하지 않고, 새벽미사에도 가지 않으셨다. 가장 슬펐던 일은 아무도 입을 열려고 하지 않은 것이었다. 마치 아기 예수의 탄생일이라기보다 추도일 같았다.

아버지는 모자를 집어 들고 슬리퍼를 신은 채, 성탄을 축하한다는 말씀 한 마디 없이 나가 버리셨다. 난 왜 아버지가 ‘메리 크리스마스’라고 못하시는지 알 것 같았다. 진지냐 할머니는 손수건으로 눈물을 닦으며 이제 그만 가자고 에드먼드 아저씨에게 말씀하셨다. 에드먼드 아저씨는 또또까 형과 내게 오백 레이스(브라질과 포르투갈의 옛 화폐단위)짜리 은전을 쥐어 주셨다. 아마 더 주고 싶었으나 돈이 없으셨던 모양이었다. 아니면 우리보다는 친자식들에게 더 주고 싶으셨던 것인지도 몰랐다. 난 아저씨를 껴안아 드렸다. 그것이 유일한 성탄절 밤의 포옹이었다. 엄마는 방으로 들어가 버리셨다. 아마 숨어서 울고 계실 게 뻔했다. 모두들 울듯한 표정이었다. 랄라 누나는 에드먼드 아저씨와 진지냐 할머니를 문까지 배웅해 드렸다. 그리고 두 분이 천천히 걸어가시는 걸 보고 중얼거렸다.

“두 분 다 너무 늙으셨어. 모든 일에 지쳐 버리신 것 같아.”

더 슬펐던 것은 교회종 소리가 활기차게 밤을 가득 채워 주었던 것이다. 게다가 몇 개의 폭죽이 이웃 사람들의 행복을 말해 주듯 하늘을 향해 치솟아 올랐다.

우리가 집 안으로 들어왔을 때 글로리아 누나와 잔디라 누나는 접시를 닦고 있었다. 글로리아 누나는 울었는지 눈이 발개져 있었다. 그래도 울었던 티를 감추며 또또까 형과 내게 말했다.

"애들은 자야 할 시간이야."

그리고 우리를 바라보았다. 그러면서도 누나는 그 순간 이 자리에 더 이상 아이들이 없다는 것을 알고 있었다. 여기 있는 사람들은 모두 슬픔을 맛보아야만 하는 어른이었고 비참한 사람들이었다.

이 불행의 원인은 아마도 라이트 전기회사가 전기를 끊은 뒤 켜놓은 등불이 꺼져가고 있기 때문일 거다. 그래, 그래서 그럴거야.

지금 이 집에서 행복한 사람은 손가락을 입에 물고 자고 있는 꼬마 임금님뿐이었다. 나는 루이스의 발끝에 망아지를 놓아 주었다. 그리고 참을 수 없어 녀석의 머리를 쓰다듬어 주었다. 강물이 흐르듯 부드러운 목소리로 속삭였다.

"오, 귀여운 꼬마 녀석아."

온 집 안이 어둠에 잠겼을 때 나는 낮은 목소리로 물었다.

"또또까 형, 빵 맛있었지?"

"모르겠어. 먹어 보지도 않았어."

"왜?"

"목에 뭔가 걸린 것 같아서 삼킬 수가 없었어. 자자, 자고 나면 다 잊게 돼."

나는 침대에서 일어나 바스락거렸다.

"어디 가려고 그러니, 제제?"

"문 밖에 운동화를 내놓으려고."

"내놓지 마. 그게 차라리 나아."

"그래도 두고 올 테야. 혹시 기적이 일어날지도 모르잖아, 또또까 형. 난 선물을 받고 싶어. 딱 하나만이라도. 아주 새것으로, 날 위해서만 만들어진 것 말이야."

형은 내게 등을 돌려 베개 밑에 머리를 푹 파묻어 버렸다.

잠이 깨자마자 난 또또까 형을 불렀다.

"가보고 올게. 무언가 있을 거야."

"난 가보고 싶지도 않아."

"난 가볼 테야."

난 방문을 열어 젖혔다. 그러나 기대에 어긋나게도 운동화는 텅 비어 있었다. 또또까 형이 눈을 비비며 다가왔다.

"내가 뭬랬니?"

말로 표현할 수 없는 감정이 가슴속에 솟아올랐다. 저주인 것 같기도 하고, 반항심인 것 같기도 하고, 슬픔인 것 같기도 했다. 난 나 자신을 억제할 수가 없었다.

"가난뱅이 아버지가 난 너무 싫어."

그리고 운동화 쪽으로 눈을 돌리다 슬리퍼를 발견했다. 아버지가 쳐다보고 서 계셨던 것이다. 아버지의 눈은 슬픔으로 굉장히 커져 있었다. 눈이 얼마나 커졌는지 마치 방구 영화관의 자막을 뒤집어 쓴 것 같았다. 굉장히 슬퍼 울 수조차 없는 그런 눈이었다. 아버지는 잠시 동안 그렇게 우리를 쳐다보시더니 조용히 지나가셨다.

우리는 아무 말도 못한 채 멍하니 서 있었다. 아버지는 옷장 위에 놓인 모자를 움켜쥐고 방을 나가셨다. 그때서야 또또까 형이 내 팔을 때렸다.

"넌 정말 나쁜 녀석이야! 제제, 이 뱀 같은 녀석! 그러니까
……."

감정이 북받쳐 오르는지 형은 입을 다물었다.

"아버지가 거기 계신 줄 몰랐어."

"나쁜 녀석. 양심도 없는 녀석. 오래 전부터 아버지가 실업자라는 걸 너도 잘 알잖아. 그래서 난 어제 아버지의 얼굴을 쳐다보며 음식을 삼킬 수 없었던 거야. 너도 이다음에 아버지가 되면 이럴 때 얼마나 마음이 쓰라린지 알게 될 거다."

나는 울음을 터뜨렸다.

"난 몰랐어, 형. 정말이야."

"내 곁에서 꺼져. 넌 역시 아무짝에도 쓸모없는 녀석이야. 꺼져 버려!"

나는 길거리로 뛰쳐나가 아버지의 다리에 매달려 실컷 울고 싶었다. 내가 굉장히 잘못했으며, 난 역시 나쁜 애였다고 말씀드리고 싶었다. 그러나 난 어떻게 해야 좋을지 몰라서 그냥 서 있었

다. 잠시 뒤 나는 침대에 앉아 여전히 비어 있는 운동화만 바라보았다.

그것은 붕 떠 중심 없이 흔들리는 내 마음처럼 텅 비어 있었다.

"내가 왜 그랬을까? 맙소사! 하필이면 오늘, 왜 오늘따라 유난히 슬퍼하는 사람들에게 나쁜 짓을 했을까? 점심식사 땐 무슨 낯으로 아버지를 뵌담? 아마 난 과일 샐러드도 못 삼킬 거야."

아버지의 눈동자가 영화관의 자막처럼 공중에 매달려 날 쳐다보는 것만 같았다. 눈을 감아도 그것은 점점 커져 나를 지켜보았다.

발꿈치에 구두통이 닿자 퍼뜩 어떤 생각이 머릿속에 떠올랐다. 혹시 그렇게 하면 아버지가 내 잘못을 용서해 주실지도 몰랐다.

나는 구두통을 챙기기 시작했다. 내 것은 다 써버렸기 때문에 형의 구두통을 열고 검정 구두약을 꺼내 내 통에 집어넣었다. 그리고 아무에게도 얘기하지 않고 구두통의 무게조차 느끼지 못한 채 거리로 나섰다. 걸을 때마다 아버지의 눈을 밟아 아버지를 아프게 하는 것 같았다.

이른 새벽인데다가 지난밤 자정미사로 인해 어른들은 아직 자고 있는 듯했다. 길에는 아이들만이 크리스마스 선물로 받은 장난감을 들고 나와 자랑하며 놀고 있었다. 나는 더욱 풀이 죽었다. 저 아이들은 모두 착한 애들이겠지. 저 애들 중에 아무도 나와 같은 짓을 한 아이는 없을 거야.

나는 '재난과 기아' 상점에 단골손님들이 있나 보려고 다가갔다. 이 상점은 오늘 같은 날에도 문을 열었다. 이런 이름을 붙인 것도 우연은 아닌 것 같았다. 그 곳에는 슬리퍼나 나막신을 신고 파자마 바람으로 나온 사람들만 있었다. 구두를 신은 사람은 하나도 없었다.

아침을 먹지 않았는데도 배가 고프지 않았다. 괴로움에 비하면

배고픈 건 아무 것도 아니었다. 난 쁘로그레수 거리로 나가 보았다. 시장을 한 바퀴 돈 뒤 로젬베르크 아저씨 댁 빵집 앞 길가에 앉아 있었다. 그러나 손님은 하나도 없었다.

시간은 꼬리를 물고 지나갔다. 아직 한 푼도 벌지 못했다. 나는 무슨 일이 있어도 돈을 벌어야만 했다. 무슨 일이 있어도.

점점 더 더워졌고(브라질은 남반구라 계절이 우리나라와 반대이다), 어깨는 구두통 끈 때문에 쓰라려 다른 쪽으로 바꿔 메야만 했다. 목도 말라 시장에 있는 공동수도로 가서 물을 마셨다.

나는 곧 내가 들어가게 될 초등학교 교문 계단에 주저앉았다. 구두통을 바닥에 내려놓았다. 온몸의 맥이 빠져 나가는 것 같았다. 무릎에 얼굴을 묻은 채 인형처럼 앉아 있었다. 아니, 아예 얼굴을 파묻어 버렸다. 그냥 돌아가느니, 차라리 죽고 싶었다.

누군가가 구두통을 톡톡 차더니, 귀 익은 목소리로 나를 불렀다.

"이봐, 구두닦이! 잠들어버리면 돈을 어떻게 버나?"

난 믿을 수가 없어 얼굴을 들었다. 오락장의 문지기 꼬끼뉴 아저씨였다. 그가 구두통에 발을 올려놓자, 난 우선 헝겊으로 문질러 구두를 닦아 낸 뒤 구두약을 조심스레 바르기 시작했다.

"아저씨, 미안하지만 바지를 조금 들어 올려 주세요."

그는 내 말대로 했다.

"오늘도 구두를 닦니, 제제?"

"오늘처럼 돈이 필요해 본 적이 없어요."

"크리스마스는 어떻게 지냈지?"

"그저 그랬어요."

내가 구둣솔로 구두통을 두드리자, 그는 발을 바꿔 올려놓았다. 나는 아까처럼 다른 쪽을 마저 닦았다. 그리고 광을 냈다.

구두를 다 닦고 다시 통을 두드리자 그는 발을 내려놓았다.

“얼마지, 제제?”

“이백 레이스예요.”

“왜 이백 레이스지? 모두들 사백 레이스를 받는데.”

“일류 구두닦이가 되면 그렇게 받겠어요. 당분간은 그만큼만 받을게요.”

그는 오백 레이스짜리를 꺼내 주었다.

“아저씨, 나중에 주시겠어요? 거스름돈이 없는데요.”

“거스름돈은 크리스마스 선물이니 너 가져라. 그럼 또 보자.”

그는 아마도 지난번 장난감을 못 준 일이 무척 마음에 걸렸던 모양이다.

주머니에 돈이 생기자 다시 기운이 솟았다. 오후 두 시가 넘으니 지나다니는 사람들도 많아졌다. 하지만 구두를 닦겠다는 사람은 없었다. 누구 하나 돈을 내고 구두를 닦으려 하지 않았다.

나는 ‘리오—상파울로’ 고속도로에 있는 전봇대에 기대서서, 가느다란 목소리로 외쳐댔다.

“구두 닦으세요, 손님!”

“구두 닦으세요. 아저씨! 가난한 사람들의 크리스마스를 위해 적선하세요.”

멀리서 멋진 차 한 대가 미끄러져 다가왔다.

나는 별반 기대하지 않고 소리쳤다.

“이웃을 도우세요. 가난한 사람들이 행복한 크리스마스를 보낼 수 있게 도와주세요.”

잘 차려입은 부인과 어린애들이 차안에서 내다보았다. 부인은 동정하듯 말했다.

“세상에, 가엾어라. 저렇게 어린것이. 어쩜 저리 가난한 애가 있을까. 저 애한테 뭘 좀 주세요, 아르뚜르.”

그러나 남자는 의심스럽다는 듯 나를 훑어봤다.

“저런 애들은 교활하고 나쁜 놈들이야. 저 녀석은 어리다는 것과 크리스마스를 이용하고 있어.”

“그래도 주고 싶어요. 이리 와라, 꼬마야.”

부인은 핸드백을 열어 창 너머로 손을 내밀었다.

“고맙지만 싫어요, 아주머니. 전 거짓말하는 게 아녜요. 정말 돈이 필요해서 크리스마스에도 일하는 거예요.”

나는 구두통을 어깨에 둘러메고 천천히 걸어갔다. 오늘은 더 이상 화낼 기운도 없었다.

그러자 차 문이 열리고 한 아이가 내 곁으로 달려왔다.

“자, 받아. 엄마가 전하랬어. 거짓말이 아니라는 걸 믿으신대.”

그는 내 호주머니에 오백 레이스를 넣어 주고는 고맙다는 말을 건넬 틈도 없이 가 버렸다. 단지 자동차가 부릉거리는 소리만 들려왔다.

네 시가 지나고 있었다. 아버지의 눈은 계속 나를 쫓아다니며 마음을 무겁게 했다.

난 집으로 돌아가기로 맘먹었다. 십 또스땅으로는 아무것도 할 수가 없었지만 어쩌면 ‘재난과 기아’ 상점에서 싸게 해 줄지도 모르고, 나머지를 외상으로 해 줄지도 모른다.

그런데 어느 집 울타리의 한 모퉁이에 이르렀을 때, 내 흥미를 끄는 것이 있었다. 구멍 난 여자용 검정 스타킹이었다. 나는 허리를 구부려 집어 올렸다. 손에 감아 보니 매우 부드러웠다. 그래서 구두통에 집어넣으며 이렇게 생각했다.

‘뱀 장난에 딱 알맞겠어.’

그러나 난 다시 마음을 고쳐먹었다.

‘다른 날 해야지. 오늘은 안 돼.’

빌라스보아스 댁 가까이 왔다. 그 집은 바닥이 온통 시멘트로 되어 있고, 큰 정원도 있었다. 세르지뉴는 멋진 자전거를 타고 꽃밭 사이를 돌고 있었다. 난 대문 창살 사이로 얼굴을 들이밀고 그 모습을 지켜보았다.

빨강 자전거엔 노랑색과 파랑색 줄무늬가 그려져 있었다. 알루미늄으로 된 몸통은 눈부시게 반짝였다. 세르지뉴는 날 보더니 자랑하듯 달리기도 하고, 커브도 돌고, 찍찍 소리가 나게 페달을 밟아 보였다. 그러고는 내게로 몰고 왔다.

"맘에 드니?"

"이 세상에서 제일 멋진 것 같아."

"자세히 보고 싶으면 대문 가까이로 와."

세르지뉴는 또또까 형과 동갑이었다.

그의 에나멜 칠을 한 구두와 흰 양말, 빨강 가죽 허리띠를 보니, 맨발인 내가 몹시 부끄러웠다. 게다가 구두는 모든 것이 비칠 정도로 반짝거렸다. 아버지의 눈마저 구두에 비치고 있는 것 같았다. 나는 침을 꼴깍 삼켰다.

"왜 그러니, 제제? 너 이상하다?"

"아냐. 아무 일도 없어. 가까이서 보면 자전거가 더 예쁠 거야. 형, 크리스마스 선물 많이 받았어?"

"응."

더 자세히 말하려고 그는 자전거에서 내려 대문을 열었다.

"굉장히 많이 받았어. 전축 하나, 양복 세 벌, 동화책 한 질, 색연필 한 다스, 그리고 장난감이 가득 든 큰 상자를 받았지. 상자엔 프로펠러가 달린 비행기도 있고 하얀 돛단배도 있어."

난 고개를 숙인 채, 또또까 형 말대로 소년 예수는 부자만 좋아한다고 생각했다.

"왜 그러니, 제제?"

"아냐."

"참, 넌 많이 받았니?"

난 대답도 못하고 고개만 내둘렀다.

“진짜? 아무 것도 받지 못했단 말이야?”

“우리 집은 올해 크리스마스를 지내지 않았어. 아버지가 아직도 일자리를 못 구하셨거든.”

“믿을 수 없어. 넌 밤이나 개암나무 열매, 포도주도 못 먹었단 말이야?”

“진지냐 할머니께서 만든 빵과 커피만 먹었어.”

세르지뉴는 한참 무언가를 생각하는 듯했다.

“제제, 내가 만일 널 초대한다면 오겠니?”

그가 무슨 생각을 하는지 짐작이 갔다. 아무 것도 먹진 못했으나 가고 싶지 않았다.

“들어가자. 엄마가 네게 한 상 차려 주실 거야. 과자도 많아.”

난 모험을 하고 싶지 않았다. 오늘은 벌써 너무 많은 무시를 당했던 것이다. 게다가 이런 말을 들은 것이 생각났다.

‘지저분한 애를 집 안에 들여선 안 된다고 말했잖니!’

“아냐, 고맙지만 싫어.”

“좋아, 그럼 내가 우리 엄마한테 밤과 과자를 싸 달라고 할게. 네 동생 갖다 줄래?”

“아냐, 가져갈 수 없어. 난 일을 끝내야 해.”

세르지뉴는 그때서야 내가 깔고 앉은 것이 구두통이란 걸 알아보았다.

“그렇지만 크리스마스엔 구두를 닦을 사람이 없을 텐데.”

“하루 종일 돌아다녔는데 겨우 십 또스땅 벌었어. 오백 레이스는 동냥해서 얻은 거야. 아직 이 또스땅이 더 필요해.”

“뭣에 쓰려고 그러니, 제제?”

“얘기할 수 없어. 그러나 꼭 필요해.”

그는 빙그레 웃더니 아주 너그러운 생각을 해냈다.

“내 구두를 닦아 줄래? 그럼 십 또스땅 줄게.”
“그건 곤란해. 난 친구에겐 돈을 안 받아.”
“그럼 내가 돈을 준다면? 응, 다시 말해 이백 레이스를 빌려 준다면?”
“천천히 갚아도 돼?”
“네 맘대로, 언제라도 좋아. 구슬로 갚아도 좋고.”
“그렇다면 좋아.”
그는 호주머니에서 동전 두 닢을 꺼내 주었다.
“난 돈이 많으니까 걱정 마. 저금통에 꽉 차 있어.”
나는 자전거 바퀴를 손으로 쓸어 보았다.
“정말 멋있어!”
“네가 좀더 커서 자전거를 탈 수 있으면 타게 해줄게, 좋지?”
“응.”

나는 구두통을 딸랑거리며 ‘재난과 기아’ 상점으로 마구 달려갔다. 문을 닫을까봐 돌풍처럼 날쌔게 가게 안으로 뛰어 들어갔다.
“아저씨, 고급 담배 있어요?”
그는 내 손바닥에 놓인 돈을 보고 담배 두 갑을 집었다.
“설마 네가 피우려는 건 아니겠지, 제제?”
뒤에서 누군가 말했다.
“무슨 소리야, 이렇게 어린애한테…….”
돌아보지도 않고 주인은 웃었다.
“자네가 이 녀석을 몰라서 그래. 이 녀석은 안 하는 짓이 없어.”
“이건 아버지께 드릴 거예요.”
나는 기분이 좋아져서 담배갑들을 둘러보았다.
“이게 좋을까요, 저게 좋을까요?”

“네 마음대로 하렴.”

“아버지께 드리려고 하루 종일 일했단 말예요.”

“정말이냐, 제제? 아버지가 네게 뭘 해 주셨기에?”

“아무 것도 못해 주셨어요. 아버지는 아직도 일자리를 못 구하셨거든요. 아저씨도 아시잖아요.”

그는 감격한 듯한 표정을 지었고, 상점 안에 있던 사람들도 아무도 말을 건네지 않았다.

“만약 아저씨가 받으신다면 어느 것이 좋겠어요?”

“둘 다 좋을 거야. 이런 선물을 받는 아버지는 누구나 기쁜 법이란다.”

“그럼 이걸 싸 주세요.”

주인은 담배를 싸서 내게 주려다 말고 망설였다. 아마 무슨 말인가 하고 싶은 눈치였으나 못하는 것 같았다.

내가 돈을 내자 그가 빙그레 웃었다.

“고맙다, 제제.”

“크리스마스 즐겁게 보내세요, 아저씨!”

나는 집으로 달려갔다.

날은 이미 어두워졌고 부엌에선 희미한 불빛이 새어 나왔다. 모두들 외출했는지 집에는 아버지 혼자 뿐이었다. 아버지는 식탁에 팔로 얼굴을 받치고 허공을 바라보고 앉아 계셨다.

“아버지!”

“왜 그러니, 제제?”

아버지의 목소리에는 전혀 화난 기색이 없었다.

“하루 종일 어딜 갔었니?”

나는 구두통을 아버지에게 내 보였다. 통을 바닥에 내려놓고 주머니에서 포장한 담배를 꺼냈다.

“이것 보세요. 아버지께 드리려고 아주 좋은 걸 샀어요.”

아버지는 그것이 얼마 짜리인지 아시는 듯 살며시 웃으셨다.

"맘에 드세요? 제일 좋은 거래요."

아버지는 흡족한 얼굴로 담뱃갑을 뜯어선 냄새를 맡으셨다. 그러나 피우려 하진 않으셨다.

"하나만 피워 보세요, 아버지."

나는 성냥을 가지러 부엌으로 갔다. 성냥불을 켜 아버지의 입에 물린 담배에 붙이고, 뒤로 물러섰다.

기분이 매우 착잡했다. 난 타다 남은 성냥개비를 바닥에 던져 버렸다. 마음이 무너져 내리는 것 같았고 가슴도 쓰라림으로 저며왔다. 온종일 날 애태우던 괴로움이 촉촉이 젖어들었다.

나는 수염이 난 아버지의 얼굴과 눈을 바라보았다. 내가 할 수 있었던 말은 단지……

"아버지……, 아버지……!"

흐느낌으로 내 목소리는 점점 작아졌다. 아버지는 팔을 벌려 가만히 날 껴안아 주셨다.

"울지 마라, 제제. 마음이 이렇게 약해서야……. 평생 동안 울어야 할 날들이 한없이 많겠다."

"아버지, 그럴 마음이 아니었어요. 전 그런 뜻으로 말한 게 아니었어요."

"알고 있다. 알고 있어. 잘 생각해 보니 네 말에도 일리가 있었어. 그래서 화가 나지 않았다."

아버지는 내 등을 토닥여 주시고, 식탁 구석에 있던 냅킨으로 눈물을 닦아 주셨다.

"이렇게 하니 훨씬 좋지?"

나는 손을 뻗어 아버지의 얼굴을 쓰다듬었다. 그리고 커다란 자막 같던 눈을 지워 버리듯 손가락으로 아버지의 눈을 가볍게 문질렀다. 만약 예전의 눈처럼 되지 않는다면 일생 동안 그 눈이 날 따라다니며 괴롭힐 것만 같았다.

"자, 담배를 마저 피워야지."

나는 아직도 목이 메어 말을 더듬었다.

"아버지, 아버지가 절 때리고 싶으시다면 반항하지 않겠어요. 막 때리셔도 좋아요."

"아니다. 괜찮다, 제제."

아버지는 한숨을 쉬며 나를 바닥에 내려놓으셨다. 그리고 찬장에서 접시를 꺼내 오셨다.

"글로리아 누나가 네 몫으로 과일 샐러드를 남겨 두었다."

나는 좀처럼 삼킬 수가 없을 것 같았다. 아버지는 작은 숟가락으로 과일 샐러드를 먹여 주셨다.

"이제 다 지난 일이야. 안 그러니, 제제?"

머리를 끄덕였으나 처음 몇 숟가락은 쓴 맛이 나는 것 같고, 울음도 좀처럼 그칠 수가 없었다.

작은 새, 학교, 그리고 꽃

　새 집과 새 생활, 작은 희망. 아주 소박한 꿈.

　화창한 어느 날, 난 이삿짐을 날라주는 아리스띠데스 아저씨와 그의 조수가 이끄는 수레 꼭대기에 앉아 새 집으로 향했다.

　수레는 울퉁불퉁한 길을 지나 '리오—상파울로' 고속도로에 들어섰고, 기분 좋게 미끄러져 나갔다.

　수레 곁으로 멋진 차가 지나갔다.

　"야, 포르투갈 사람 마누엘 발라다리스 씨의 차가 지나가네."

　우리가 아스데스 거리를 가로지를 때 멀리서 들려오는 기적소리가 아침 공기를 가득 채우고 있었다.

　"저기 좀 보세요, 아저씨. 저기 '망가라치바'(리오데 자네이로와 상파울로 사이를 운행하는 기차) 열차가 가요."

　"넌 별 걸 다 아는구나."

"기적 소리만 들어도 알 수 있어요."

거리는 조용했고 따각따각하는 당나귀 발굽 소리만이 울렸다. 난 이 수레가 새것이 아니라는 걸 한 번에 알아차렸다. 하지만 튼튼하고 값이 싸다는 것도 알고 있었다. 두 번은 왔다 갔다 해야 이삿짐을 다 나를 수 있을 것 같았다. 당나귀도 힘이 세 보이진 않지만 나는 아저씨의 비위를 맞춰 주기로 했다.

"굉장히 좋은 수레를 갖고 계시네요. 아저씨."

"그저 쓸 만하지."

"당나귀도 아주 예쁜데요. 이름이 뭐예요?"

"씨가노(방랑자라는 뜻)."

그는 말을 하고 싶지 않은 듯했다.

"오늘은 참 운좋은 날인가 봐요. 생전 처음 수레도 타보고, 포르투갈 사람 차도 보고, 망가라치바의 기적 소리도 들었으니 말예요."

그는 아무 대꾸도 하지 않았다.

"아저씨, 망가라치바가 브라질에서 제일 큰 기차인가요?"

"아니다. 이 노선에서만 제일 크단다."

별 도움이 되지 않았다. 어른들을 이해한다는 건 때때로 정말 힘이 든다.

새 집에 다다랐을 때 나는 아저씨에게 열쇠를 넘겨주었다. 그리고 되도록 공손하게 대하려고 애를 썼다.

"아저씨, 제가 도와 드릴까요?"

"우리 곁에 있으면 정신만 빼놓을 게다. 가서 놀아라. 돌아갈 때 부르마."

나는 그의 말대로 그 자리를 떴다.

"밍기뉴, 이젠 늘 같이 있게 됐어. 딴 나무는 네 발밑에도 못 따라올 만큼 예쁘게 꾸며 줄게. 이봐, 밍기뉴. 난 수레를 타고 왔는데, 얼마나 잘 달리는지 마치 영화에 나오는 포장마차를 탄 기분이었어. 밍기뉴, 내가 알고 있는 걸 모두 얘기해 줄게, 응?"

나는 흙담에 나 있는 잡초를 보러 갔다. 거기에는 더러운 물이 흐르고 있었다.

"우리가 저번 날 저 강 이름을 뭐라고 붙였지?"

"아마존."

"아, 그래, 아마존이야. 저 강 하류에는 분명히 카누를 탄 사나운 인디언들이 잔뜩 모여 있을 거야, 그렇지 밍기뉴?"

"말도 마. 왜 아니겠어."

겨우 얘기를 시작하려는데 아리스띠데스 아저씨가 문을 닫으며 나를 불렀다.

"여기 있겠니, 아니면 같이 가겠니?"

"여기 있겠어요. 식구들도 거의 다 왔을 거예요."

그러고 나서 나는 집 안팎을 돌아다니며 구경했다.

처음에는 체면도 차리고 이웃들에게 좋은 인상도 주고 싶어서 난 얌전하게 행동했다. 그러던 어느 날 오후, 난 여자용 검정 스타킹을 다시 찾아냈다. 거기다 긴 끈을 말아 올려 발끝을 잘라낸 다음 그 곳에 연줄을 연결해 늘어뜨렸다. 멀리서 천천히 줄을 잡아당기면 꼭 뱀 같았다. 캄캄한 밤이라면 꼭 성공할 수 있을 것 같았다.

밤에는 아무도 남의 일에 끼어드는 사람이 없었다. 새 집에서 새로 생긴 규칙이었다. 가족끼리 다정하게 지내던 때가 먼 옛날만 같았다.

나는 대문 앞에 앉아 망을 봤다. 길에는 희미한 가로등 불이 켜 있었고 커다란 상록수 울타리들이 구석구석 그늘을 만들어 주었다. 공장에는 오늘도 밤일을 하는 사람이 있겠지. 밤일은 여덟 시를 넘긴 적이 없었다.

겨우 아홉 시가 지났다. 난 잠시 공장 생각을 해 보았다. 새벽 다섯 시면 울리는 공장의 구슬픈 작업종 소리는 아침마다 내 기분을 망쳐 놓았다. 마치 공장은 아침에는 사람들을 집어삼키고 밤에는 지친 사람들을 토해 내는 괴물과 같았다. 더군다나 스코트필드 씨는 아버지를 공장에서 쫓아내기까지 했다. 그래서 공장이 더더욱 싫었다.

앗, 기회다. 저기 어떤 여자가 온다.

한 여자가 겨드랑이에 양산을 낀 채 손에는 핸드백을 들고 다가왔다. 더구나 걸어오면서 뒤축을 튀겨 구두소리까지 들려주고 있었다.

나는 대문 뒤로 달려가 숨었다. 그리고 뱀의 손잡이를 시험해 보았다. 손잡이는 말을 잘 들었다. 거의 완벽에 가까웠다. 나는 그늘진 곳에 숨어 뱀의 손잡이를 잡았다. 구두소리는 점점 가까워졌다. 점점 가까워지고, 가까워지고……. 이때다! 나는 뱀을 당기기 시작했다. 뱀은 천천히 길 한복판으로 미끄러져 들어갔다.

일이 그렇게 되리라고는 상상조차 못했다. 그 여자가 고함을 쳐 사람들을 깨워 버린 것이다. 그리고 핸드백과 양산을 집어던지고 소리를 지르면서 배를 꽉 움켜쥐었다.

"악! 사람 살려요! 뱀이 나왔어요! 살려 주세요!"

사람들이 문을 열고 뛰어나왔다. 나는 모든 것을 팽개치고 쏜살같이 부엌으로 도망갔다. 더러운 빨래통 속으로 들어가 안에서 뚜껑을 닫아 버렸다. 심장이 두근거렸다.

여자의 비명소리는 여전히 들려왔다.

"오, 세상에 맙소사! 여섯 달 된 뱃속의 애기가 잘못됐으면 어떡하죠?"

난 너무나 놀란 나머지 두려움으로 벌벌 떨기 시작했다. 사람들은 계속 횡설수설하며 울고 있는 그녀를 안으로 데려왔다.

"못 견디겠어요. 심장이 멎는 줄 알았어요. 내가 세상에서 가장 무서워하는 게 뱀인데."

"오렌지 잎을 담근 물을 좀 마셔 봐요."

좀 조용해진 듯했다. 아니 사람들이 몽둥이와 도끼, 그리고 앞을 밝힐 등불을 갖고 뱀을 쫓으러 갔기 때문에 조용해진 것이다.

뭐 그까짓 헝겊으로 만든 작은 뱀 때문에 저렇게 법석을 떨고 야단이람? 정말 큰일은 우리 집 식구 중에 엄마랑 잔디라 누나랑 랄라 누나가 함께 나간 것이었다.

“여러분, 뱀이 아닌데요. 낡은 여자 스타킹이에요.”

맙소사, 너무 당황해서 뱀을 거둬들이는 걸 잊어버렸네. 이젠 끝장이군. 뱀 끄트머리에 끈이 달려 있었고, 그 끈은 우리 집 뒤뜰로 이어져 있었다.

그러자 귀 익은 세 사람의 목소리가 동시에 외쳤다.

“바로 그 녀석 짓이야.”

이제 사람들이 찾고 있는 것은 뱀이 아니었다. 그들은 침대 밑을 뒤져 보았으나 날 찾지 못했다. 그들이 내 곁을 스쳐갈 때는 난 숨조차 쉬지 않고 숨어 있었다. 그들은 여기저기 날 찾아다녔다. 부엌에서 밖을 엿보기까지 했다.

잔디라 누나가 빨래통을 생각해 냈다.

“난 알겠다.”

누나는 빨래통 뚜껑을 열고 내 귀를 잡아 올려 식당까지 끌고 갔다.

엄마는 이번에는 아주 세게 때리셨다. 마치 슬리퍼가 노래하는 것 같았다. 나는 맞는 횟수도 줄일 겸, 아픔을 조금이라도 잊기 위해 송아지처럼 소리를 질렀다.

“이 악마 같은 녀석아! 넌 여섯 달 된 애를 뱃속에 넣고 다니는 게 얼마나 힘든 일인지 아니?”

랄라 누나는 비꼬는 투로 한 마디 했다.

“어쩐지 이사 와선 잠잠하다 했더니.”

“가서 자, 이 망할 놈아!”

나는 엉덩이를 만지며 침대에 가 엎드렸다. 운 좋게도 아버지는 카드놀이를 하러 나가셔서 집에 안 계셨다. 나는 매 맞은 곳을 낫게 하는 데는 역시 침대가 제일이라고 생각하며 울음을 그쳤다.

　다음 날 아침, 나는 일찍 일어났다. 중요한 일이 남아 있었기 때문이다. 먼저 아무도 보는 사람이 없나 살핀 뒤, 뱀이 아직 그곳에 있으면 그걸 셔츠 밑에 숨겨 올 작정이었다. 아직은 다른 곳에서 써먹을 수 있기 때문이다. 그러나 뱀은 없었다. 그만큼 뱀과 똑같은 것을 또 구하기란 쉽지 않을 것 같았다.

　나는 발걸음을 돌려 진지냐 할머니 댁으로 갔다. 에드먼드 아저씨와 할 애기가 있었다.

　퇴직자에겐 너무 이른 시각이 아닐까 생각하며 나는 할머니 댁으로 들어갔다. 하지만 일찍 왔으니 아저씨는 카드놀이를 하러 나가지도 않으셨을 테고, 소변을 보러 나가지도 않으셨을 거야. 물론 신문을 사러 가지도 않으셨겠지.

　아저씨는 응접실에서 카드로 오늘의 운세를 점쳐보고 계셨다.

　"안녕히 주무셨어요, 아저씨?"

　아저씨는 아무 말도 않으셨다. 아니 일부러 못 들은 척하시는 것이다. 아저씨가 별로 말하고 싶지 않을 때면 이런다는 걸 우리 집 식구들은 모두 알고 있었다.

　그러나 내겐 어림도 없지. 아니 게다가—난 이 게다가란 말이 참 좋다—나하고 있을 땐 귀머거리 흉내란 어림도 없어. 난 아저씨의 소맷자락을 잡아당겼다. 늘 그랬던 것처럼 아저씨의 흰색과 검정색 체크 멜빵이 참 멋있다고 생각했다.

　"으응, 너 왔구나."

　아저씨는 나를 못 보셨다는 듯이 말씀하셨다.

　"아저씨, 이 카드점 이름이 뭐예요?"

　"시계점이란다."

　"아주 예쁜 이름인데요."

　나는 이미 카드 한 벌을 다 알고 있었다. 내가 좋아하지 않는 카드는 오직 '잭(J)'뿐이었다. 왠지 모르지만 잭의 그림들은 왕의 머슴처럼 보였다.

“아저씨 할 얘기가 있어요.”

“다 끝나간다. 조금만 기다려라. 이걸 마저 끝내고 얘기하자.”

아저씨는 카드를 자꾸 섞으셨다.

“점괘가 떨어졌나요?”

“아니.”

아저씨는 카드를 높다랗게 쌓아 옆으로 밀어 놓으셨다.

“자 됐다, 제제. 그래 할 얘기란 돈 얘기냐?”

아저씨는 손을 비비셨다.

“혹시 구슬 살 돈 가지고 계세요?”

“그럼 그렇지. 돈이라, 어디 보자.”

그러고는 호주머니에 손을 넣으려 하셨다. 그래서 나는 재빨리 말렸다.

“농담이었어요, 아저씨. 그게 아녜요.”

“그럼 뭐냐?”

예전부터 아저씨는 나의 조숙함을 좋아했다. 내가 배우지 않고도 글을 읽게 된 뒤로는 더 말할 필요가 없었다.

“궁금한 게 있어요. 아저씬 노래 부르지 않고도 노래하실 수 있어요?”

“무슨 말이냐?”

“그러니까…….”

나는 마음속으로 ‘작은 오두막집’ 한 소절을 불렀다.

“그래, 방금 노래를 불렀단 말이냐?”

“그래요, 그거예요. 난 소리 내지 않고도 노래할 수 있어요.”

아저씨는 싱겁다는 듯이 웃으셨다. 그리고 내가 알고자 하는 것이 무엇인지 궁금해하셨다.

“있잖아요, 아저씨. 제가 어렸을 땐 속으로 노래하고 생각하는 건 내 마음속의 작은 새 덕분이라고 생각했어요. 그 작은 새가 노래해 주는 거라고요.”

“네가 그런 새를 갖고 있다니 놀라운 일이구나!”

“아저씨는 이해 못 하시는군요. 그런데 지금은 약간 의심이 가요. 속으로 노래하고 볼 수 있는 때가 따로 있나요?”

아저씨는 내 얘기를 이해했는지 내가 혼동하는 걸 보고 웃으셨다.

“설명해 주마, 제제. 그게 뭔지 알겠니? 그건 네가 자랐다는 증거란다. 커가면서 네가 속으로 말하고 보는 것들을 ‘생각’이라고 해. 생각이 생겼다는 것은 너도 이제 곧 내가 말했던 그 나이……”

“철드는 나이 말인가요?”

“잘 기억하고 있구나. 그땐 기적 같은 일들이 일어나지. 생각이 자라고 자라서 네 머리와 가슴 전체를 돌보게 되는 거야. 그땐 네 눈이 다시 뜨여 인생을 아주 새롭게 보게 될 게야.”

“알겠어요. 그런데 작은 새는 뭐지요?”

“작은 새는 하느님이 어린 아이들에게 여러 가지 일들을 알도록 도와주려고 만드신 거란다. 그래서 더 이상 필요치 않을 때는 그것을 하느님께 돌려 드려야 해. 그러면 하느님은 그 새를 다시 너처럼 영리한 다른 꼬마에게 주시지. 아주 아름다운 일이지?”

나는 내가 ‘생각’을 갖고 있다는 것이 흐뭇해서 웃음이 나왔다.

“그래요. 아름다운 일이에요. 이젠 가보겠어요.”

“돈은?”

“오늘은 필요 없어요. 아주 바쁠 것 같아요.”

이 생각 저 생각을 하며 나는 거리로 나왔다. 그때 아주 슬픈 옛일이 떠올랐다. 또또까 형에게는 목에 흰 줄이 두 개 나있는 아주 예쁜 방울새 한 마리가 있었다. 어찌나 길이 잘 들었는지 형이 손가락에 먹이를 놓아 주면 손으로 올라와 먹을 정도였다. 새장 문을 열어놓아도 도망가지 않았다. 그런데 어느 날, 또또까 형은 새장을 햇볕에 놓아둔 채 깜빡 잊고 말았다. 새는 내리쬐는 햇볕 때문에 죽고 말았다. 그래서 또또까 형은 그 죽은 새를 손에 올려 놓고 얼굴을 비벼대며 울었다.

"앞으로 다시는, 절대 다시는 새를 기르지 않을 테야."

나도 곁에 앉아 이렇게 말했다.

"또또까 형, 나도 안 기르겠어."

집에 들어오자마자 난 곧장 밍기뉴에게로 갔다.

"슈르르까(밍기뉴의 애칭. 주인공이 밍기뉴를 아주 사랑할 때만 사용), 뭘 좀 하려고 왔어."

"뭔데?"

"잠깐만 기다려봐."

"그래."

나는 밍기뉴의 허리에 머리를 기대고 앉았다.

"제제, 지금 뭘 기다리고 있는 거야?"

"하늘에 아주 예쁜 구름이 하나 지나가는 것."

"뭐 하려고?"

"내 작은 새를 풀어 주려고."

"그래, 그렇게 해. 새는 더 이상 필요 없어."

우리는 하늘을 지켜보았다.

"저게 어떠니, 밍기뉴?"

마치 이파리처럼 들쭉날쭉한 흰 구름 하나가 다가왔다.

"그래 저거야, 밍기뉴."

나는 흥분이 되어 벌떡 일어나 셔츠를 열어젖혔다. 내 메마른 가슴에서 새가 떠나가는 걸 느낄 수 있었다.

"날아라, 작은 새야. 높이 날아라. 훨훨 날아가 하느님 손끝에

앉아라. 하느님께서 널 다른 애한테 보내 주실 거야. 그러면 너는 날 위해 그랬듯이 아름다운 노래를 부를 수 있을 거야. 잘 가라, 내 어여쁜 작은 새야!"

왠지 가슴이 허전했다. 이런 기분이 영영 가실 것 같지 않았다.

"저것 봐, 제제. 새가 구름 가에 앉았어."

"나도 봤어."

나는 머리를 밍기뉴 가슴에 기대고 구름이 멀리 사라져 가는 모습을 바라보았다.

"저 작은 새랑은 늘 친했는데……."

그리고 밍기뉴 가지에 얼굴을 돌렸다.

"슈르르까."

"응?"

"울면 흉해 보일까?"

"우는 건 흉해, 바보야. 왜 그래?"

"모르겠어. 아직 익숙지 않아서 그런가봐. 여기 내 가슴속 새장이 텅 빈 것 같아……."

글로리아 누나는 이른 새벽부터 나를 찾았다.

"손톱 좀 보자."

손톱을 보여주니 잔소리를 하지 않았다.

"귀 좀 봐."

"아이 더러워, 제제."

누나는 나를 물독으로 데려가 수건에 비누칠을 해서 깨끗이 닦아 주었다.

"난 삐나제 족 인디언이 더럽게 산다는 말을 들은 적이 없어. 자 이제 깨끗해졌으니 옷을 입자."

누나는 내 서랍을 이것저것 뒤적여 헝클어뜨렸다. 그러나 마땅

한 걸 골라내지 못했다. 뒤지면 뒤질수록 골라낼 수가 없었기 때문이다. 모두 구멍이 났거나 찢어지고, 헝겊을 대거나 꿰맨 것들 뿐이었다.

"누구에게 물어 볼 필요도 없지. 이 서랍만 봐도 네가 얼마나 지독한 장난꾸러기인지 알 수 있어. 이걸 입어봐. 그래도 이게 제일 낫다."

그리고 우리는 앞으로 내게 일어날 놀라운 기적을 향해 나아갔다. 초등학교에 가니, 많은 아이들이 등록을 하기 위해 엄마 손을 잡고 와 있었다.

"제제, 앞으로는 절대 말썽부리지 마. 내가 한 말 꼭 명심해."

우리가 들어간 교실은 아이들로 가득 차 있었다. 아이들은 서로 바라보며 자기 차례를 기다렸다. 내 차례가 되자 나는 누나와 함께 교장실로 들어갔다.

"아가씨 동생인가?"

"네, 교장 선생님. 어머니께선 시내에 일하러 가셔서 못 오셨어요."

여교장 선생님은 나를 차근차근히 뜯어보았다. 안경이 굉장히 두꺼워서 그런지 눈이 매우 크고 까맣게 보였다. 우스꽝스럽게도 그녀의 얼굴에는 남자처럼 수염이 나 있었다. 그래서 교장이 된 것일지도 모른다. (브라질 혼혈족 가운데는 여성도 수염이 나는 사람이 많다)

"너무 어려 보이는데?"

"나이에 비해 허약해서 그래요. 그래도 글은 썩 잘 읽어요."

"애야, 너 몇 살이지?"

"2월 26일이면 여섯 살이 돼요."

"그래, 고맙다. 카드를 작성해 볼까? 우선 부모님의 이름을 말해 봐요."

글로리아 누나는 아버지의 이름을 말했다. 그리고 엄마의 이름을 댈 때는 단지 '에스떼파니아 데 바스콘셀로스'라고만 했다. 나는 잠자코 있지 못하고 누나의 말을 바로잡았다.

"에스떼파니아 삐나제 데 바스콘셀로스예요."

"뭐라고?"

글로리아 누나는 얼굴이 빨개졌다.

"삐나제라고요. 엄마는 인디언의 딸이세요."

나는 내가 이 학교에서 인디언 이름을 가진 유일한 학생이 될 것이 자랑스러웠다.

글로리아 누나는 서명을 한 뒤에도 머뭇거렸다.

"다른 할 말이 있나, 아가씨?"

"저, 교복에 관해 말씀드릴 게 있어요. 선생님께서도 아시겠지만, 아버지께서 아직 일자리를 못 구하셨어요. 그래서 저희는 매우 어렵게 살고 있어요."

교장 선생님이 내 키와 치수를 재보기 위해 한 바퀴 돌아보라고 했을 때, 옷의 기운 부분이 드러나 가난은 여지없이 증명되었다. 그녀는 종이에 치수를 적어 주며 에올라리아 아줌마를 찾아가 보라고 말했다. 에올라리아 아줌마도 내 키를 보더니 깜짝 놀랐다. 제일 작은 치수를 입혔음에도 불구하고 난 마치 긴 털에 둘러싸인 병아리처럼 보였다.

"이것밖에 없는데 너무 크네. 정말 애는 너무 작아!"

"제가 가져가 줄일게요."

우리는 교복 두 벌을 공짜로 받고 즐거운 마음으로 돌아왔다.

교복을 입은 내 모습을 봤을 때의 밍기뉴의 얼굴을 상상해 보시라.

나는 날마다 학교에서 일어났던 일을 밍기뉴에게 얘기해 주었다.

"종소리가 굉장히 커. 하지만 교회 종소리만큼 크진 않아. 알

겠니, 응? 애들이 모두 운동장에 모여 자기 선생님을 찾아 가야
돼. 그러면 선생님은 우리를 네 줄로 세우셔. 그 다음 개미새끼
한 마리 남기지 않고 교실로 데리고 들어가시지. 우리는 열고 닫
을 수 있는 책상 앞에 앉아. 책상엔 저마다의 소지품을 넣을 수
있어. 그리고 국가를 배운단다. 선생님 말씀이 국가를 알아야 훌
륭한 브라질 국민이 되고 애국자가 될 수 있대. 노래를 완전히 다
배우면 불러 줄게, 응?"
 하루하루 새로운 날들이었다. 싸움도 했다. 그런 속에서도 새
로운 일들이 자꾸 벌어졌다.
 "야, 너 그 꽃 갖고 어디 가니?"
 아주 깔끔한 여자애였다. 머리는 두 갈래로 땋아 내렸고 손에
는 예쁘게 포장한 노트와 책이 들려 있었다.
 "우리 선생님 갖다 드릴 거야."
 "왜?"
 "선생님이 좋아서. 선생님을 좋아하는 애들은 선생님께 꽃을
갖다 드리거든."
 "남학생도 그럴 수 있니?"
 "선생님을 좋아한다면 그게 무슨 상관이니?"
 "아하 그래?"
 "응."
 그런데 우리 세실리아 빠임 선생님께 꽃을 드리는 애는 하나도
없었다. 못생기셨기 때문인 것 같았다. 눈가에 난 점만 없었으면
좀 더 예쁘셨을 텐데. 그래도 선생님은 가끔 간식시간에 생과자
를 사 먹으라고 내게 돈을 주시는 유일한 분이었다.
 유심히 다른 반을 살펴보았지만, 꽃병에 꽃이 없는 데는 하나
도 없었다. 오직 우리 선생님의 꽃병만 늘 비어 있었다.
 그 즈음 나는 큰 모험을 즐기고 있었다.

“이것 봐, 밍기뉴. 나 오늘 ‘박쥐’ 잡았다.”

“루씨아노라는 박쥐 말이니? 이 뒤뜰 구석에 와 살거라고 네가 말했던 박쥐 말이야?”

“아냐, 바보야. 굴러다니는 박쥐 말이야. 난 말이야, 차가 학교 언저리를 천천히 굴러갈 때 자동차 뒤에 매달려 달린단 말이야. 그렇게 한참 달리면 아주 멋진 여행을 한 기분이 들어. 차가 모퉁이에서 다른 차가 오나 보려고 천천히 굴러가면 깡총 뛰어오르는 거야. 빨리 달릴 때 올라타려 하면 엉덩이도 찧고 팔도 다쳐.”

수업 시간에 있었던 일, 쉬는 시간에 일어난 일들을 계속 얘기해 주었다. 내가 국어시간에 있었던 일을 얘기하자, 밍기뉴는 굉장한 일이라고 치켜세웠고 내 마음은 한껏 부풀었다. 세실리아 빠임 선생님은 나보고 책을 가장 잘 읽는다고 칭찬하셨다. 가장 ‘장독’(제제가 ‘강독’과 혼동한 말)을 잘하는 학생! 그런데 난 덜컥 의심이 갔다. 우선 에드먼드 아저씨께 ‘장독’이 맞는 말인지 물어봐야 할 것 같았다.

“다시 박쥐 얘길 해 줄게, 밍기뉴. 얼마나 재미있나 하면, 너를 말처럼 타고 달릴 때 같았어.”

“하지만 나를 말처럼 탈 때는 위험하지 않잖아?”

“진짜로 달리지 않기 때문이야, 안 그래? 그건 진짜로 미친 듯이 서부를 달리며 물소와 들소 사냥을 하는 건 아니잖아, 잊었니?”

그는 말로써 날 당해 본 적이 없었고 말다툼을 할 재간도 없었기 때문에 내 말을 인정해야만 했다.

“한 가지 또 있는데 밍기뉴. 애들이 넘보지 못하는 차가 하나 있어. 뭔지 아니? 포르투갈 사람, 마누엘 발라다리스 씨의 차야. 넌 그렇게 흉한 이름을 들어 본 적이 있니? 마누엘 발라다리스,

아주 나쁜 이름이지?”

“네 생각을 알겠다. 넌 그 차를…….”

“네가 생각한 게 뭔지 내가 모를 줄 아니? 나도 알고 있어. 하지만 당분간은 안 돼. 조금 더 연습한 뒤에라야 해. 더 연습을 해야겠어.”

기쁨 속에서 하루하루가 흘러갔다.

어느 날 아침 나는 꽃을 들고 선생님 앞에 나타났다. 선생님은 감동해서 날더러 ‘기사님’이라고 말해 주셨다.

“밍기뉴, 그게 무슨 말인지 아니?”

“기사란 왕자처럼 교육을 잘 받은 신사를 가리키는 말이야.”

나는 수업에 점점 더 흥미를 느껴 열심히 공부했다. 학교에선 날 욕하는 사람이 아무도 없었다. 글로리아 누나는 내가 서랍 속에 악마를 가둬 버린 것 같다고 말하기까지 했다. 그리고 내가 딴 아이가 된 것 같다고 했다.

“너도 내가 변했다고 생각하니, 밍기뉴?”

“글쎄, 그런 것 같기도 해.”

“그래? 그렇다면 비밀 애길 하려고 했는데 못하겠다.”

나는 그에게 화를 냈다. 그래도 내 화가 오래가지 못한다는 걸 그는 알고 있었기 때문인지 신경을 쓰지 않았다.

비밀 애기란 밤에 일어날 일이었다. 나는 조바심으로 들떠 있었다.

공장의 사이렌이 울리고 사람들이 쏟아져 나왔다. 여름의 낮은 밤을 천천히 끌고 오는 것 같았다. 저녁식사 시간도 얼마나 늦게야 다가오는지 모른다. 나는 뱀 장난도, 다른 장난도 칠 생각을 않고 대문 앞에 앉아 엄마를 기다렸다. 그런 내가 이상했는지 잔디라 누나는 풋과일을 먹어 배가 아프냐고 물어 보기까지 했다.

엄마의 모습이 길모퉁이에 나타났다. 틀림없이 엄마였다.

이 세상에서 엄마를 닮은 사람은 아무도 없었다. 나는 벌떡 일어나 달려갔다.

"다녀오셨어요, 엄마."

나는 엄마의 손에 입 맞췄다. 거리의 희미한 불빛 아래서도 엄마의 피곤한 모습이 또렷하게 보였다.

"많이 피곤하시죠, 엄마?"

"그래 제제. 기계가 얼마나 더운 열을 뿜어대는지 견딜 수가 없었다."

"도시락 주머니를 제게 주세요. 엄마는 피곤하시니까요."

나는 빈 도시락이 든 주머니를 받아들었다.

"오늘도 장난 많이 쳤니?"

"조금밖에 안 쳤어요, 엄마."

"그런데, 왜 날 기다렸을까?"

엄마는 이미 눈치채고 계셨다.

"엄마, 엄만 그래도 조금은 절 사랑하시죠?"

"다른 애들과 똑같이 너도 사랑한단다. 그런데 왜 그러니?"

"엄마, 나르딘뉴 아시죠? 저, 게발이라고 불리는 애 말예요."

엄마는 빙그레 웃으셨다.

"알 것도 같다."

"엄마. 그 애 엄마가 그 애한테 새 양복을 하나 사 주셨거든요. 아주 멋져요. 초록색에 흰 줄이 있는 거요. 그런데 목에 단추를 잠그게 돼 있는 조끼가 있잖아요, 그게 작아졌대요. 그렇지만 그걸 물려 입을 동생이 없잖아요. 그래서 그걸 팔려고 한대요. 엄마가 사 주시겠어요?"

"아니, 애야! 우리는 형편이 어렵잖니?"

"그렇지만 두 번에 나눠서 갚아도 된대요. 그렇게 비싸지도 않아요. 장식 값은 안 받는 셈이에요."

나는 전당포 주인 자꼽이 하는 말을 되풀이했다.

엄마는 잠시 생각해 보시는 것 같았다.

"엄마, 전 우리 반에서 공부를 아주 잘해요. 선생님께서 그러시는데 제가 우등상을 탈거래요. 사 주세요, 엄마. 새 옷을 입어 본 게 얼마나 오래 전 일이라고요."

엄마가 계속 말씀을 안 하시자 나는 조바심이 났다.

"엄마, 그 옷이 아니면 난 태어나서 한 번도 시인의 옷을 못 입어 볼 거예요. 그걸 사주시면 랄라 누나가 비단 헝겊으로 큰 나비넥타이를 만들어 줄 거예요."

"알았다, 제제. 일주일 동안 밤일을 해서라도 사주마."

나는 엄마의 손에 입을 맞추었다. 그리고 그 손에 내 얼굴을 댄 채 집까지 왔다.

이렇게 해서, 난 시인의 옷을 입게 되었다. 어찌나 예뻤던지 에드먼드 아저씨는 나를 데리고 사진을 찍으러 가 주셨다.

학교, 꽃, 꽃, 학교……

모든 일이 한동안 순조로웠다. 고도프레두가 우리 교실에 들어와 세실리아 빠임 선생님과 얘기를 나누기 전 까지는 말이다. 내가 알 수 있었던 건 단지 그가 병에 꽂힌 꽃을 가리킨 것뿐이었다. 그가 돌아가자, 선생님은 슬픈 얼굴로 날 쳐다보셨다.

수업이 끝나자 선생님은 나를 부르셨다.

"할 얘기가 있다, 제제! 잠깐 기다려라."

선생님은 어떻게 말을 시작해야 좋을지 모르겠다는 듯 한없이 핸드백만 뒤적이셨다. 아마 핸드백을 정리하는 척하며 마음을 가다듬고 계신 것 같았다. 그리고 마침내 결단을 내린 듯 입을 여셨다.

"고도프레두가 너에 관해 아주 나쁜 얘길 하더구나. 제제, 그래 그게 사실이냐?”

나는 머리를 끄덕였다.

“꽃에 관한 얘기였죠? 그럴 거예요, 선생님.”

“왜 그런 짓을 했니?”

“아침에 일찍 일어나서 세르지뉴 씨 댁 정원으로 들어갔어요. 대문이 조금 열려 있어서 재빨리 들어가 꽃을 꺾었어요. 하지만 꽃이 굉장히 많아서 표시도 안 났어요.”

“그랬었구나. 그래도 그건 옳은 일이 아니다. 그게 대단한 일이 아니라 해도 도둑질이라는 것은 사실이잖니?”

“아녜요. 그렇지 않아요, 세실리아 선생님. 이 세상 모든 것은 하느님 것이잖아요? 그러니까 그 꽃들도 역시 하느님 것이고요.”

내가 조리 있게 대꾸하자 선생님은 깜짝 놀라셨다.

“그렇게 할 수밖에 없었어요, 선생님. 우리 집에는 정원이 없어요. 꽃을 사려면 돈이 들고요. 그리고 전 선생님 꽃병만 늘 비어 있는 게 마음이 아팠어요.”

선생님은 마른침을 삼키셨다.

“때때로 선생님께선 생과자를 사 먹으라고 제게 돈을 주셨잖아요, 그렇죠?”

“날마다 주고 싶어도 네가 종종 사라져 버렸어.”

“전 날마다 받을 수가 없었어요.”

“왜?”

“간식을 싸오지 못하는 애가 또 있었어요.”

선생님께서는 핸드백에서 손수건을 꺼내어, 슬쩍 눈물을 닦으셨다.

“선생님은 ‘올빼미’를 아세요?”

“올빼미가 누군데?”

“머리를 굵은 끈으로 묶어 야자 잎사귀를 달고 다니는, 저만큼 작은 깜둥이 여자애 말예요.”

“알겠다. 도로띨리아 말이구나.”

“네, 선생님. 도로띨리아는 저보다 더 가난해요. 다른 여자애들은, 그 애가 깜둥이에다 가난뱅이라고 같이 놀려고도 하지 않아요. 그래서 그 앤 날마다 구석에 혼자 웅크리고 앉아 있어요. 전 선생님께서 주신 돈으로 산 생과자를 그 애하고 나눠 먹었어요.”

선생님은 이번에는 아주 오래 눈물을 닦으셨다.

“선생님께선 때로 저 대신 그 애에게 돈을 주셨어야 해요. 그 애 엄마가 남의 집 빨래를 해서 먹고 살아요. 애들이 열한 명이나 된대요. 모두 아직 어린애들이고요. 우리 진지냐 할머니도 토요일마다 그 애 집에 쌀과 콩을 갖다 주세요. 그래서 저도 엄마 말씀대로 가난한 사람을 도우며 살려고 그 애와 나눠 먹은 거예요.”

이제 선생님의 눈물은 하염없이 흘러내리고 있었다.

“전 선생님을 슬프게 하려고 그런 건 아니에요. 이제는 꽃을 훔치지 않고 공부만 열심히 하겠다고 약속하겠어요, 선생님.”

“그래서 우는 게 아니다. 제제, 이리 와봐라.”

선생님은 내 손을 꼭 잡으셨다.

“넌 아주 고운 마음씨를 가졌구나, 제제. 그리고 꼭 약속을 지켜야 한다.”

“약속할게요. 하지만 선생님을 속이고 싶진 않아요. 전 고운 마음씨를 가진 애가 아녜요. 집에서 제가 어떤애인지 모르셔서 그래요.”

“그런 건 중요하지 않아. 내겐 네가 아주 고운 애란다. 앞으론 꽃을 꺾어 오지 않아도 된다. 누군가가 주는 거라면 모르지만 말이다. 약속하겠니?”

“약속하겠어요, 선생님. 하지만 꽃병은요? 늘 비어 있어야 하나요?”

　“이 꽃병은 결코 비어 있지 않을 거야. 난 꽃병을 볼 때마다
이 세상에서 가장 아름다운 꽃을 보게 될 거야. 그리고 이렇게 생
각하겠지. 내게 꽃을 갖다 준 아이는 세상에서 가장 착한 나의 학
생이었다고. 그럼 됐지?”

　선생님은 웃으며 내 손을 놓아 주셨다.

　“잘 가라, 빛나는 마음씨를 가진 아이야.”

네가 감옥에서 죽는 모습을 보겠노라

　학교에서 배우는 것들 가운데 가장 쓸모 있는 것은 '요일'이었다. 요일들 가운데서도 제일 기분 좋은 날은 '그'가 오는 화요일이었다. 그는 역 건너편 동네에 도착하면 일주일 정도 머물다가, 그 다음 주 화요일에 우리 동네로 오곤 했다.

　그래서 난 화요일마다 수업을 빼먹었다. 또또까 형조차 눈치채지 못하도록 조심했다. 그렇지 않으면 집에다 일러바치지 못하도록 구슬을 줘야 했기 때문이다. 아직 시간이 일렀다. '그'는 교회종이 아홉 시를 치고 나서야 나타났기 때문에 나는 그동안 거리를 한 바퀴 돌았다. 물론 눈에 뜨일 위험이 없는 거리만 골라 다녔다. 우선 교회에 들어가 성인들의 초상화를 구경했다. 촛불이 여기저기 켜져 있어서 그런지 벽에 걸린 그림들이 조금 무서워 보였다. 촛불이 흔들릴 때마다 성인들도 번쩍였다. 나는 늘 꼼짝 않고 서 있어야만 하는 성인이 되는 게 좋은 건지 아닌지 잘 알수 없었다.

내가 성인들의 그림을 보고 있을 때 자까리아스 아저씨는 촛대의 초들을 새것으로 갈아 끼우고 있었다. 타다 낡은 초가 책상 위에 산더미처럼 쌓여 있었다.

"안녕하세요, 자까리아스 아저씨?"

그는 하던 일을 멈추고 안경을 코끝에 내려놓더니 코를 킁킁거리며 뒤돌아보았다.

"잘 있었니, 애야!"

"제가 도와 드릴까요?"

나는 뚫어지게 초들을 바라보았다.

"아니, 괜찮다. 오늘은 학교에 안 가니?"

"갔었어요. 그런데 선생님께서 안 나오셨어요. 이가 아프시대요."

"아, 그래!"

그는 돌아서서 나를 마주 보았다. 그리고 안경을 다시 콧등에 얹어놓았다.

"너 몇 살이냐, 애야?"

"다섯 살, 아니 여섯 살. 아니 여섯 살이 아니고 다섯 살이에요."

"그러니까 다섯 살이냐 아니면 여섯 살이냐?"

난 학교에 들어간 걸 생각하고 거짓말을 했다.

"여섯 살이에요."

"여섯 살이라면 교리문답을 배우기에 딱 알맞은 나이구나."

"저도 배울 수 있어요?"

"물론이지. 매주 수요일 오후 세 시에 오면 된다, 오겠니?"

"글쎄요, 타다 남은 초를 주신다면 올게요."

“이 도막난 초로 뭘 하게?”

악마가 또 날 부추겼다. 그래서 거짓말을 하고 말았다.

“연줄에 칠하려고요. 그러면 줄이 단단해진대요.”

“그럼 가져가라.”

나는 초 도막들을 주워 모아 책과 구슬이 들어 있는 가방에 집어넣었다. 왠지 기분이 좋았다.

“고마워요, 자까리아스 아저씨.”

“그럼 오는 거다, 응? 수요일이다.”

나는 날 듯이 뛰어나왔다. 아직도 시간의 여유가 있었다. 나는 오락장 앞으로 달려갔다. 사람이 없는 틈을 타서 거리를 가로질렀다. 그리고 잽싸게 있는 힘을 다해 길바닥에 초를 칠했다. 다시 돌아와 오락장의 닫힌 문 앞 길거리에 앉아 기다렸다. 누가 맨 처음 넘어지나 보기 위해서였다.

한참 기다려서인지 맥이 빠졌다. 그런데 갑자기 철커덩 하는 소리가 났다. 난 가슴이 두근거렸다. 꼬린냐 아줌마였다. 한 손에는 손수건을, 다른 손에는 성경책을 들고 문을 나선 그녀는 교회 쪽으로 걷기 시작했다.

“맙소사!”

바로 그 아줌마는 엄마의 친구였고, 그녀의 딸 난제아제나는 글로리아 누나의 친한 친구였다. 나는 차마 보고 있을 수가 없어 등을 돌려 길모퉁이로 달아났다. 결국 아줌마는 바닥에 나뒹굴고 말았다.

사람들이 모여들었다. 아줌마가 욕하는 소리를 들어보니 다친 곳은 없는 것 같았다.

“이 주위를 어슬렁거리는 못된 놈들 짓일 거예요.”

나는 안도의 한숨을 내쉬었다. 그 순간 등 뒤에서 어떤 손 하나가 내 가방을 확 붙잡았다.

"네 짓이지, 제제. 그렇지?"

머리카락이 불꽃처럼 빨간 오르란도 아저씨였다. 오랫동안 우리 이웃에 산 사람이었다. 나는 아무 말도 못하고 가만히 서 있었다.

"다 봤으니까 거짓말 할 생각 마라."

"우리 집에 얘기 안하실거죠?"

"안 하마. 그러나 이리 와 봐라, 제제. 아직 초가 남았으니 또 그런 짓을 할 테지. 남은 초들 다 내놔라. 다시 그런 짓 해서는 안 된다. 넘어진 사람이 다리가 부러질지도 모르는 일 아니냐?"

내가 고분고분한 표정으로 초를 내놓자, 그는 나를 놓아 주었다.

나는 '그'가 도착하기를 기다리며 시장 근처를 돌아다녔다. 로젬베르크 아저씨 댁 빵집 앞을 지날 때는 웃으며 인사했다.

"안녕하세요, 로젬베르크 아저씨?"

그는 단지 '안녕' 하고 쌀쌀맞게 대꾸했다. 생과자도 주지 않았다. 쳇! 맘에 안들어. 랄라 누나와 있을 때는 안 그러면서.

"아참, 벌써 그가 왔겠네."

시계가 이미 아홉 시를 알리고 있었다. 그는 절대로 시간을 어기는 일이 없었다. 나는 발걸음을 재촉했다. 그는 쁘로그레수 거리의 길모퉁이에 서 있었다. 보퉁이를 땅에 내려놓고 왼쪽 어깨에 조끼를 젖혀 올린 모습이었다. 아, 멋있는 체크 셔츠를 입었네. 나도 어른이 되면 저런 셔츠를 입어야지. 또한 목에는 빨간 목도리를 두르고 있었다. 그는 모자를 뒤로 젖히더니 거리를 즐거움으로 가득 채울 만한 굵은 목소리로 외쳤다.

"어서 오세요, 여러분! 신곡이 왔어요!"

그 '바이아'(유명한 가수들을 배출한 브라질 북부의 주) 원주민의 음성은 매우 아름다웠다.

"이번 주의 인기곡은 '클라우디오노르'입니다. '쉬꾸 비올라'의 최신곡 '용서(빼드랑)'도 있습니다. '비센떼 셀레스띠노'의 최신 곡도 있습니다. 자, 여러분, 최신 음악을 배웁시다!"

그의 말투는 꼭 노래처럼 아름다워서 나는 황홀해졌다. 내가 부르고 싶은 곡은 '파니'였다. 그가 부를 때 따라 배운 곡이었다. '네가 감옥에서 죽는 모습을 보겠노라' 대목에 이르면 얼마나 멋있는지 이루 표현할 수가 없었다. 그는 큰 목소리로 '클라우디오노르'를 부르기 시작했다.

> 망고나무 언덕에서 삼바춤을 추었지.
> 한 흑인 여인이 나를 유혹했어.
> 나는 갈 수 없어. 매 맞을까 무서워.
> 당신 남편은 힘이 세니 날 죽일지도 몰라.
> 나는 '클라우디오노르'처럼 그런 짓은 못해요.
> 내 식구들을 위해 차라리 짐꾼이 되겠어요.

그는 노래를 멈추고 다시 손님을 모으기 시작했다.

"자! 일 또스땅에서 사백 레이스까지 다양한 가격의 온갖 악보가 있습니다. 육십여 곡의 새 노래가 수록돼 있어요! 최신 유행곡인 탱고도 있습니다!"

그렇게 소리치고 나서 내가 제일 좋아하는 '파니'를 부르기 시작했다.

> 그녀가 혼자 있는 틈에
> 이웃을 부를 여유도 주지 않고
> 양심도 온정도 없는 너는

그녀를 찔렀지.

(그때 그의 목소리는 얼마나 부드럽고 달콤했는지 단단하게 굳어버린 마음조차 녹일 수 있을 것 같았다.)

고운 마음씨의 가엾은 파니여…….

나는 네가 고통을 받도록 하느님께 빌겠노라.
나는 네가 감옥에서 죽는 모습을 보겠노라.

양심도 온정도 없는 너는
파니를 찔렀지.

고운 마음씨의 가엾은 파니여.

사람들은 뛰어나와 어느 것이 더 좋은지 따져보지도 않고 악보를 사갔다. 악보에 실린 '파니'의 사진 때문에 나는 그의 곁에 달라붙어 있었다.
그는 미소를 함빡 머금은 채 나를 돌아다보았다.
"하나 사겠니, 애야?"
"아뇨, 돈이 없어요."
"다음에 또 오마."
그는 보통이를 들고, 소리치며 나아갔다.
"왈츠 곡 '용서'가 있습니다. '담배를 피우며 기다려!'도 있고, '잘 있게, 젊은이들!'도 있습니다. 최신 유행곡 탱고 '왕의 밤'도 있습니다. '하늘의 빛'은 굉장히 아름다운 노래입니다. 시내에선 이 노래를 가장 많이 부르고 있어요! 가사도 너무나 멋있어요!”

그는 가슴을 펴고 노래를 부르기 시작했다.

하늘의 빛을 그대 눈동자에 간직하고 있군요.
나도 좀 보여줘요, 우주에 떠도는 별들의 반짝임을.
하느님께 맹세코, 그런 빛은 하늘에도 없답니다.
당신의 눈빛만큼 황홀한 빛은 없답니다.

오, 그대 눈빛을 보니 옛일이 생각납니다.
달빛 파도 속에 이루어진 사랑의 슬픈 이야기가.
축복만 보이는 눈동자여!

사랑하는 것은 얼마나 행복한 일인지 차마 말할 수가 없답
니다…….

그는 이렇게 오랫동안 선전을 하며 팔고 있었다. 그러다가 나
를 보더니 가까이 오라고 손짓했다.

“이리 와 봐라, 꼬맹아.”

나는 배시시 웃으며 그에게 다가갔다.

“날 따라다니겠니, 아니면 돌아가겠니?”

“따라다닐래요. 아저씨처럼 노랠 잘 부르는 사람은 처음 봤어
요.”

그는 약간 우쭐해하며 긴장을 누그러뜨렸다. 일이 술술 잘 풀
리는 것 같았다.

“넌 꼭 뱀처럼 따라다닌단 말씀이야.”

“전 아저씨가 ‘비센떼 셀레스띠노’나 ‘쉬꼬 비올라’처럼 잘 부
르시나 듣고 싶어서 그랬어요. 그런데 역시 잘 부르세요.”

그는 입이 찢어져라 웃었다.

"그 사람들 노래를 들은 적이 있니, 꼬맹아?"

"네, 라이문드 빠스 박사님의 아들 집에서 전축으로 들었어요."

"그렇다면 그 전축이 낡았던지, 아니면 바늘이 못 쓰게 돼서 그랬을 게다."

"그렇지 않아요. 전축은 새로 산 것이었어요. 진짜 아저씨가 더 잘 부르세요. 그래서 이런 생각도 해 봤어요."

"얘기해 봐라."

"제가 계속 따라다니는 거예요, 괜찮죠? 아저씨께서 악보가 얼마인지만 가르쳐 주세요. 아저씬 노래를 부르시고 악보는 제가 파는 거예요. 사람들은 어린애가 파는 걸 더 사고 싶어 하거든요."

"나쁜 생각은 아닌데, 꼬맹아. 하지만 한 가지 말해 둘 게 있다. 네가 원하는 일이니까 난 상관없다만, 네게 줄 돈은 없단다."

"전 아무 것도 바라지 않아요."

"그럼, 왜?"

"노래 부르는 게 좋아서 그래요. 배우고 싶고요. 전 이 세상에서 '파니'가 가장 멋진 것 같아요. 만약 아저씨께서 다 파시고, 남는 게 있으면 하나 주세요. 우리 누나 갖다 주게요."

그는 모자를 벗어 들고 가라앉은 머리를 긁적였다.

"제겐 글로리아라는 제가 제일 좋아하는 누나가 있어요. 누나에게 갖다 줄 수만 있다면 그만이에요."

"그럼 같이 해 보자."

그래서 우리는 함께 노래를 부르며 악보를 팔게 되었다. 그가 노래를 부르면 나는 그것을 따라 배웠다.

정오가 되자, 그는 걱정어린 모습으로 날 쳐다보았다.

"넌 점심 먹으러 안 가니?"

"우리 일이 끝나면 갈 거예요."

그는 또 머리를 긁적거렸다.

"날 따라와라."

우리는 세레스 거리에 있는 상점으로 들어갔다. 그는 보통이한 구석에서 커다란 샌드위치를 꺼냈다. 그리고 허리춤에서 아주 무시무시한 칼을 꺼내 샌드위치를 잘라 한 쪽을 내게 주었다. 그리고 술 한 모금을 마시고는 목을 축이기 위해 레몬주스를 샀다. 그는 그게 반주라고 말했다. 샌드위치를 먹는 그는 매우 만족해하는 것 같았다.

"이봐, 꼬맹아. 넌 내게 아주 큰 행운을 가져다 주었어. 내겐 너 같은 배불뚝이 꼬마 친구가 많지만 너처럼 날 도와줄 생각을 한 꼬마는 없었단다."

그는 레몬주스를 벌컥벌컥 마셨다.

"너 몇 살이냐?"

"다섯 살, 아니 여섯 살, 아니 다섯……."

"다섯 살이냐, 아니면 여섯 살이냐?"

"아직 여섯 살이 안 됐어요."

"하지만 넌 참 영리하고 착한 아이다."

"그럼 다음 주 화요일에도 저와 함께 일하겠다고 약속하시는 거예요?"

그는 한바탕 웃었다.

"너만 좋다면."

"좋아요. 하지만 누나와 의논해 보고요. 누나도 이해할 거예요."

한 번도 가본 적이 없는 역 건너편에 갈 생각을 하니 굉장히

신이 났다.

"내가 그 곳으로 간다는 건 어떻게 알았지?"

"매주 화요일이면 전 아저씨를 기다렸어요. 한 번은 오시고 한 번은 안 오셨어요. 그래서 아마 기찻길 건너편으로 가시나보다 하고 생각했죠."

"대단히 영리한 아이로구나. 이름이 뭐냐?"

"제제예요."

"나는 아리오발도다. 잊지 마."

그는 죽을 때까지 친구가 되자고 못박인 굵은 손으로 내 손을 꼭 잡았다.

글로리아 누나를 납득시키는 것은 그리 어렵지 않았다.

"하지만 제제, 일주일에 하루라고? 수업은 어떡하니?"

나는 누나에게 노트를 보여주었다. 내 노트는 깨끗이 정리되어 있었다. 성적도 썩 좋았다. 산수 노트도 물론 잘 정리되어 있었다.

"고도이아 누나, 읽기는 내가 일등이야."

그런데도 누나는 결정을 못 내렸다.

"우리는 똑같은 것을 6개월 내내 반복한단 말이야. 멍텅구리 당나귀라도 충분히 배울 만한 시간이야."

누나는 웃었다.

"그건 말뿐이지?"

"하지만 고도이아 누나, 노래를 배우면 더 많이 배울 수 있어. 내가 새로 배운 낱말 좀 들어 볼래? 에드먼드 아저씨도 아직 가르쳐주시지 않은 거야. 자 봐. '짐하역꾼' '우주' '항성' '저주받다.' 게다가 일주일에 악보를 하나씩 가져다 누나한테 세상에서 가장 멋진 노래를 가르쳐 줄게."

"그래도 문제가 있어. 네가 매주 화요일마다 점심을 먹으러 오지 않는 걸 아버지가 아시게 되면 어쩌지?"

"아버지는 모르실 거야. 어쩌다 물으시면 거짓말하지 뭐. 누나가 진지나 할머니 댁으로 점심 먹으러 갔다고 하든가 난제아제나한테 전할 것이 있어 심부름 시켰다고 해. 거기서 점심을 먹는다고 하면 되잖아."

휴! 길바닥에 초 칠한 게 나라는 걸 그 아줌마가 모르게 조심할 필요가 있지.

누나는 내가 심한 장난을 치려는 게 아니라고 생각했는지 허락해 주었다. 만일 그렇게 생각지 않았으면 날 때려 주었을 것이다.

그 뒤부터 난 수요일이면 오렌지나무 밑에 앉아 글로리아 누나에게 노래를 가르쳐 주었다. 누나와 함께 노래부르는 것은 무척 즐거웠다.

화요일은 눈 깜짝할 사이에 돌아왔다. 화요일이면 난 늘 역에서 아리오발도 아저씨를 기다렸다. 기차를 놓치지 않는 한 그는 꼭 여덟 시 반에 도착했다.

여기저기 돌아다니며 온갖 것을 다 구경했다. 빵집 앞을 지나는 게 좋았고, 역 계단에 앉아 사람들을 구경하는 것도 재미있었다. 그 곳은 구두닦기 하기에 아주 좋은 장소였다. 그러나 글로리아 누나는 그것은 허락하지 않았다. 갑자기 경찰이 달려와 구두통을 빼앗아 갈 수도 있었고, 기차가 다녀 위험했기 때문이다. 다리 위에 놓인 기찻길을 건널 때도 나는 늘 아리오발도 아저씨의 손을 잡고 건넜다.

그는 숨을 헐떡거리며 달려왔다. 나는 '파니' 말고도 사람들이 좋아하는 곡을 그에게 알려주었다.

우리는 공장의 정원이 보이는 역의 담 옆에 앉았다. 거기서 그는 주요 악보를 펼치고 첫 소절을 불렀다. 그리고 내가 좋지 않다고 하면 다른 곡으로 바꿨다.

"이 곡은 새로운 곡 '말괄량이'야."

그는 새 노래를 들려 주었다.

"다시 한 번 불러 보세요."

그는 마지막 소절을 다시 불렀다.

"이거예요, 아저씨. '파니'보다 더 좋아요. 이 탱고라면 몽땅 팔 수 있을 거예요."

우리는 햇빛과 먼지로 가득한 거리로 나섰다. 우리는 여름을 알리는 예쁘고 작은 새들 같았다.

이른 아침, 그의 아름다운 목소리에 홀린 듯 여기저기서 창문이 열렸다.

"자, 여러분! 이번 주, 이번 달, 올해 가장 큰 인기를 모은 노래, '쉬로 비올라'의 '말괄량이'입니다."

푸른 산봉우리에
은빛 달이 떠오릅니다.
세레나데의 노랫가락은
창가를 스쳐 부른 이의 연인을 잠 깨웁니다.

정든 멜로디, 그 노랫가락을
낭랑한 기타 줄에 실어
부른 이의 마음을 고백합니다.
그의 가슴속에 싹트는 마음을
연인에게 고백합니다.

그가 잠시 노래를 멈추고 내게 머리를 두 번 흔들어 보이면 나는 가느다란 목소리로 마저 불렀다.

　　나의 넋을 빼앗아간 아름다운 여인이여.
　　아! 내가 할 수만 있다면
　　그대를 제단 위에 받들어 모시리라.
　　그대는 내 꿈속의 영상이며 나의 등불입니다.
　　그대는 일할 필요가 없는
　　말괄량이랍니다.

　노래는 아주 그만이었다. 남녀노소 할 것 없이 모두들 달려와 사갔다. 나는 사백 레이스와 오백 레이스짜리 악보를 팔고 있었는데 아가씨들이라면 무슨 곡을 살지 미리 알아맞힐 정도였다.
　"아가씨, 잔돈 여기 있습니다."
　"그건 너 사탕 사 먹어."
　나는 아리오발도 아저씨의 말투를 닮아가고 있었다.
　정오면 늘 그랬듯이, 우리는 가장 가까운 식당으로 가 샌드위치와 오렌지 주스와 딸기 주스를 마셨다.
　나는 호주머니에서 거스름돈을 꺼내 식탁 위에 펼쳐 놓았다.
　"여기 있어요. 아리오발도 아저씨."
　그의 앞으로 은전을 밀어놓았다. 그러자 그는 웃으면서 말했다.
　"넌 참 멋진 꼬맹이구나, 제제."
　"아저씨, 왜 절 꼬맹이라고 부르세요?"
　"내 고향 '산따바이아'에선 키 작고 조그만 아이를 그렇게 부른단다."
　그는 머리를 긁적이고 나서 트림을 하기 위해 입에 손을 가져갔다. 그리고 내게 양해를 구하고 이쑤시개로 이를 쑤셨다. 그러

나 돈은 여전히 집지 않았다.

"내가 생각해 봤는데, 제제. 오늘부터 거스름돈은 네가 가져라. 어차피 우리는 듀엣이니까."

"듀엣이 뭔데요?"

"두 사람이 같이 노래하는 걸 말한다."

"그렇다면 '늘어진 마리아' 젤리(마시멜로와 유사한 증류의 젤리. 흐물흐물하여 '늘어진 마리아'라는 별명이 붙었음)를 사 먹어도 돼요?"

"돈은 네 거야. 네가 알아서 해."

"고맙소, 친구!"

내가 자기를 흉내내자 그는 웃음을 터뜨렸다. 나는 생과자를 먹으며 그를 쳐다보았다.

"진짜 우리가 듀엣인가요?"

"그래, 진짜야."

"그럼 제게 '파니'의 마음 부분을 부르게 해 주세요. 아저씨께서 앞부분을 크게 부르시면, 이 세상에서 가장 달콤한 목소리로 제가 마음 부분을 부를게요."

"괜찮은 생각이야. 그래라, 제제."

"그렇다면 점심 먹고 한 바퀴 돌아요. 우리에게 행운을 안겨 준 '파니'로 시작해요."

쨍쨍 내리쬐는 햇볕 아래서 우리는 다시 시작했다.

그 사고가 났을 때도 우리는 '파니'를 부르고 있었다. 마침 옆을 지나가던 마리아 다 펜냐 아줌마가 하얗게 분칠한 얼굴을 양산으로 가리며 다가왔다. 그녀는 우리가 부르는 '파니'를 듣고서 있었다. 아리오발도 아저씨는 불길한 예감이 들었는지 자리를 옮기자며 내 옆구리를 쿡 찔렀다.

무슨 상관이람! 난 '파니'의 마음 부분에 깊이 빠져 있었다.

마리아 다 펜냐 아줌마는 양산을 접더니 구두 끝을 톡톡 쳤다.

노래가 끝나자 그녀는 화가 나서 찌푸린 얼굴로 소리쳤다.

"잘한다, 잘해. 이런 부도덕한 노래를 어린애가 잘도 부르는구나."

"부인, 이 일은 부도덕한 일이 아닙니다. 정직한 일이기 때문에 한 번도 부도덕하다고 생각해 본 적이 없습니다. 아시겠습니까?"

나는 아리오발도 아저씨가 그렇게 화내는 것을 처음 보았다. 하지만 그녀도 이미 싸울 각오가 돼 있는 것 같았다.

"그 아이가 당신 아들이오?"

"불행하게도 아닙니다, 부인!"

"그럼 조카, 아니면 친척인가요?"

"친척도 아닙니다."

"몇 살이죠?"

"여섯 살입니다."

그녀는 의심스럽다는 듯이 나를 훑어보았다. 그래도 그녀는 단념하지 않았다.

"당신은 어린애를 착취하는 게 부끄럽지도 않나요?"

"결코 착취하는 게 아닙니다, 부인. 저 애가 원해서 하는 겁니다. 아시겠습니까? 게다가 난 돈을 지불하고 있습니다. 그렇지?"

나는 머리를 끄덕여 보였다. 나는 한바탕 붙고 싶었다. 생각 같아선 그녀의 배를 머리로 받아 바닥에 넘어뜨리고 싶었다.

"그래도 무슨 조치를 취하겠어요. 신부님께 말씀드려 소년재판소에도 가고 경찰에 고발도 할 테니 명심하세요."

그러고는 입을 다무는가 했더니, 놀라서 눈을 크게 떴다. 아리오발도 아저씨가 큰 칼을 뽑아 들고 그녀에게 다가간 것이다. 그녀는 놀라 기절할 지경에 이른 것처럼 보였다.

“당장 꺼져 버려! 난 착한 사람이지만, 남의 사생활에 간섭하는 마녀 인형 같은 여자들의 혀를 자르는 나쁜 버릇이 좀 있다고. 조심하는 게 좋을거야!”

그녀는 너무 놀라 빗자루처럼 꼿꼿해진 채 걸어갔다. 그러다가 멀리서 돌아서더니, 양산으로 우리 쪽을 가리키며 외쳤다.

“어디 두고 보자고!”

“이 수다쟁이 마녀 인형아, 꺼져 버려!”

그녀는 양산을 펴 쓰고, 얼어붙은 듯 꼿꼿이 굳은 채 사라졌다.

해질 무렵, 아리오발도 아저씨는 하루 벌이를 계산했다.

“전부 팔았다, 제제. 네 말이 맞았어. 넌 내게 행운을 안겨줬어.”

나는 마리아 다 펜냐 아줌마 생각을 했다.

“그 아줌마가 정말 무슨 일을 저지를까요?”

“안심해, 제제. 기껏해야 신부님께 얘기하겠지. 그러면 신부님은 이렇게 충고하실 게다. ‘그냥 내버려 두시오, 마리아 여사. 북쪽 사람들은 장난으로 그런 말을 하진 않아요’라고.”

그는 돈을 주머니에 넣고 보퉁이를 둘둘 말았다. 그리고 늘 그렇듯 한 손을 바지 주머니에 넣어 똘똘 말린 악보 하나를 꺼냈다.

“이건 네 누나 글로리아 거다.”

그러고는 기지개를 켰다.

“오늘은 아주 재수 좋은 날이었어.”

우리는 앉아서 잠시 쉬었다.

“아리오발도 아저씨.”

“응?”

“마녀 인형이 뭐지요?”

“낸들 아니, 제제? 화가 나니까 나도 모르게 튀어나온 말이야.”

그리고 멋쩍게 웃었다.

“진짜 찌르려고 하셨어요?”

“아니, 다만 겁주려고 그랬어.”

“진짜 찔렀더라면 창자가 튀어나왔거나, 인형 속에 든 더러운 헝겊이 나왔을 거예요.”

그는 빙그레 웃으며 내 머리를 정답게 쓰다듬어 주었다.

“한 가지 더 있다, 제제. 아마 똥물도 나왔을 거야.”

우리들은 마음껏 웃었다.

“걱정 마라. 사람을 죽이진 않아. 병아리도 못 죽이는걸. 난 내 아내가 빗자루만 들고 덤벼도 무서워하는 사람이야.”

우리는 일어나서 역으로 갔다. 역에서 그는 악수를 하며 말했다.

“만일을 위해 한동안 이 거리에는 오지 말자.”

그는 내 손을 더욱 꽉 잡고 흔들었다.

“다음 주 화요일에 보자, 친구.”

나는 그가 계단을 천천히 올라가는 동안 머리를 끄덕여 보였다. 그는 계단을 다 올라가더니 큰 소리로 외쳤다.

“제제, 넌 천사야!”

나는 손을 흔들어 보였다. 그리고 웃기 시작했다.

“천사요? 아저씨가 아직 절 잘 모르셔서 그래요.”

2
아기 예수는
슬픔 속에서 태어났다
최정은 그림

박쥐

"빨리 해, 제제. 학교 늦겠다."

나는 식탁 앞에 앉아 커피와 마른 빵을 천천히 먹고 있었다. 늘 하던 대로 식탁 위에 팔을 얹고 벽에 걸린 달력을 바라보았다. 글로리아 누나는 몸이 달아 안달이었다. 아침에는 좀처럼 사람을 조용히 내버려 두지 않았다.

"빨리 해, 이것아. 여태 머리도 안 빗었구나. 넌 또또까처럼 제 시간에 준비할 수 없니?"

누나는 방에서 빗을 가지고 나와 나의 금발머리를 빗겨 주었다.

"이런 억센 털 러시아 고양이는 빗질할 필요도 없지."

누나는 나를 의자 위에 세워 놓고 요리조리 살폈다. 옷매무새가 괜찮은가 보기 위해서였다.

"이제 가자, 제제."

또또까 형과 나는 가방을 가로질러 멨다. 가방에는 책과 노트와 연필 뿐이었다. 간식은 없었다. 간식 같은 건 다른 애들만을 위해 있는 것이었다.

글로리아 누나는 내 가방 밑동을 만져 보았다. 가방 밑바닥이 구슬 때문에 묵직한 걸 보고 빙그레 웃었다. 우리는 운동화를 손에 들고 있었는데, 그것은 학교 가까이에 있는 시장 근처에서부터 신기 위해서였다.

도로가에 다다르기가 무섭게 또또까 형은 날 버리고 달아났다. 보통은 악마가 먼저 나를 충동질하고 그러면 내가 야단을 쳤다. 나는 그런 편이 더 좋았다. 하지만 이번에는 내가 먼저 마음속에서 잠자고 있는 장난꾸러기 악마를 깨웠다. 나를 유혹하는 것은 '리오-상파울로' 고속도로에 있었다. 바로 박쥐 때문이었다. 물론 살아있는 박쥐가 아닌 달리는 자동차 뒤꽁무니에 매달려 시원한 바람을 맞을 수 있는 박쥐였다. 이 일은 세상에서 가장 쉴나는 일로, 애들이면 누구나 해 보고 싶은 장난이었다. 내게 그 장난을 가르쳐 준 것은 또또까 형이었다. 형은 뒤따라 오는 차 때문에 위험하니 꽉 잡으라고 천 번도 더 내게 일러주었다. 그러나 나는 점점 두려운 마음이 사라져 매달리기 힘든 차에도 달라붙었다. 나는 그 장난에 홀딱 빠져서 라디스라우 아저씨의 차에까지 매달려 보았었다. 아직 못해 본 차는 단지 포르투갈 사람의 차뿐이었다. 그 차는 아주 멋지게 손질된 차였다. 바퀴들도 늘 새것 같았고 금속 부품들은 얼굴이 비칠 정도로 반짝반짝 윤이 났다. 경적 소리도 아주 재미있었다. 마치 들판에 있는 소가 울부짖는 듯했다. 하지만 그렇게 멋진 차의 주인이라는 사람은 늘 얼굴을 찌푸리고 다녔다. 그래서 아무도 그의 차에 매달릴 엄두를 못 내었다. 들리는 말에 의하면 그는 사람들을 때려죽이고, 죽이기 전에는 목이 막히도록 위협한다는 것이었다. 그래서 우리 학교 아이들 가운데 그 차를 넘보는 애들은 아무도 없었다.

내가 이 이야기를 하자 밍기뉴가 말했다.

"제제, 정말 아무도 못해 봤니?"

"응. 아무도 용기를 못 냈어."

나는 밍기뉴가 내 계획을 눈치채고 웃고 있는 걸 보았다.

"하지만 넌 박쥐에 미쳐 있잖아?"

"그건 그래. 내가 생각하는 건……."

"네가 생각하는 게 뭔데?"

이번에는 내가 웃었다.

"말해 줘."

"너도 참, 유별나게 호기심이 많단 말이야."

"넌 늘 내게 다 털어놓잖아. 결국엔 항상 다 얘기하면서. 너도 말 안하고는 못 배길걸."

"좋아. 얘기해 줄게, 밍기뉴. 내가 일곱 시에 나가잖아, 안 그래? 도로가에 닿으면 일곱 시 오 분이야. 그런데 일곱 시 십 분에 포르투갈 사람이 '재난과 기아' 상점에서 담배를 사려고 길 모퉁이에 차를 세워 둔단 말이야. 며칠 내로 용기를 내서 그 차에 매달리려고 궁리중이야."

"넌 용기가 없잖아."

"내가 용기가 없다고? 두고 봐."

다음날 아침, 나는 상점 앞에서 포르투갈 사람을 기다렸다. 드디어 차가 와서 멈추더니 그가 내렸다. 내 가슴은 마구 뛰었다. 밍기뉴에게 장담은 했지만 아직도 망설여졌다. 가고 싶지 않았으나 자존심이 내 발걸음을 재촉했다. 상점을 돌아 길 모퉁이에 몸을 절반쯤 내밀고 숨어 있었다. 그리고 가방에서 운동화를 꺼내 끈을 매는 척했다. 가슴이 얼마나 뛰는지 심장 소리가 상점 안에 있는 사람들에게 들릴까봐 걱정될 정도였다. 가게에서 나온 포르투갈 사람은 나를 보지 못하고 차에 탔다.

"지금 할까? 아니면 영영 못하겠지, 밍기뉴!"

나는 용기를 내서 늘 두렵기만 하던 그 차의 뒤에 힘껏 매달렸다. 학교까지는 아직 꽤 거리가 남아 있었다. 그러나 이미 내 마음은 승리에 들떠 친구들 앞을 달리고 있었다.

"야호!"

내가 크게 소리 지르자, 누가 차에 치인 줄 알았는지 상점 안에 있던 사람들이 우르르 문을 열고 나왔다.

내 몸이 땅에서 오십 센티미터쯤 위에 매달려 대롱거렸다. 그 때 내 귀를 숯불처럼 활활 달아오르게 하는 게 있었다. 내 계획에서 한 가지 실패한 것이 있었던 것이다. 너무 서두르는 바람에 자동차의 시동이 걸렸는지 살펴보지 못했던 것이다.

다시 차에서 내린 포르투갈 사람의 얼굴은 굉장히 험악해져 있었다. 그의 눈은 마치 불꽃이 이글거리는 듯했다.

"요렇게 간 큰 녀석이 있나. 네 녀석이로군. 콩알만한 녀석이 그렇게 큰 간덩이를 갖고 있다니."

그는 나를 바닥에 내려놓았다. 한쪽 귀를 잡았던 손으로 이번에는 내 얼굴을 잡고 소리쳤다.

"이 녀석, 네가 내 차를 망보고 있던 걸 내가 모를 줄 알았냐? 다시는 그런 짓 못하게 어디 혼 좀 나봐라."

나는 아픔보다도 모욕을 당하는 게 더 속이 상했다. 큰 소리로 욕을 잔뜩 퍼붓고 싶었다.

그는 나를 놓아 주지 않았다. 그리고 내 생각을 알아챈 듯, 한 손으로 날 위협했다.

"입이 있으면 말해 봐. 욕도 하고. 왜 아무 말도 못하지?"

내 눈에선 고통과 모욕과 이 광경을 고소하다는 듯이 웃으며 바라보고 있는 사람들 때문에 눈물이 마구 솟았다.

포르투갈 사람은 계속 나를 윽박질렀다.

"요 꼬마 녀석아, 왜 욕도 못하냐고!"

얼마나 분한지 나는 겨우 소리쳤다.

"지금은 말 못하겠어요! 하지만 생각중이에요. 커서 반드시 복수하겠어요! 죽여버릴거예요!"

그가 어찌나 크게 웃음을 터뜨렸던지 주위 사람들도 모두 따라 웃고 말았다.

"그래 커봐라, 꼬마 녀석아. 여기서 기다리고 있으마. 하지만 그 전에 네게 한 가지 교훈을 주마."

그는 나를 자기 무릎에 엎어 놓았다. 그리고 내 엉덩이를 한 대 때렸다. 단 한 대를. 그러나 어찌나 아팠던지 나는 엉덩이가 창자 에 붙어 버리는 줄만 알았다. 그제야 그는 날 풀어 주었다.

나는 정신이 멍해져 낄낄거리며 웃고 있는 사람들 사이를 빠져 나왔다. '리오－상파울로' 고속도로에 왔을 때는 차가 오나 살펴 볼 생각조차 못하고 길을 건넜다. 얼얼함을 줄여 보려고 손으로 엉덩이를 문질렀다. 두고 봐! 반드시 복수하고 말겠어! 그러나 조롱하던 사람들 곁을 떠나니 아픔도 사라져 갔다. 학교 친구들 이 봤을까봐 걱정되었다. 밍기뉴에겐 뭐라고 하지? '재난과 기아' 상점 앞을 어떻게 지나다닌담? 일주일 동안은 일찍 나와 다른 길 로 돌아가야겠는데.

나는 그런 생각을 하며 시장까지 걸어갔다. 공동수도로 가서 발을 씻고 운동화를 신었다. 또또까 형이 그 곳에서 애타게 나를 기다리고 있었다. 조금 전에 있었던 실패담은 절대 얘기하지 말 아야지.

"제제, 나 좀 도와줘."

"뭘 말이야?"

"너 비에 알지?"

“그 까빠네마의 ‘황소’ 말이야?”

“응, 그 녀석. 녀석이 학교 끝나면 날 때리려고 벼르고 있어. 네가 나 대신 싸워 주지 않겠니?”

“하지만 내가 엄청나게 맞을 텐데.”

“그렇지 않아. 넌 싸움도 잘하고 게다가 용감하잖아.”

“좋아. 학교 끝나고 하는 거야?”

“응, 끝나고.”

또또까 형은 늘 그렇게 싸움을 만들었고 난 늘 그 함정에 빠졌다. 그러나 마침 잘된 일이었다. 나는 포르투갈 사람에 대한 울분을 비에 녀석에게라도 풀고 싶었다.

사실 그날 나는 너무 많이 맞았다. 눈도 붓고 팔도 부었다. 또또까 형은 무릎 위에 내 책과 자기 책을 얹어 놓고 다른 애들과 함께 땅바닥에 앉아 있었다. 그들은 내게 코치까지 해 주었다.

“제제, 배에 박치기를 해! 그 녀석은 비계뿐이니까 물어뜯어! 손톱으로 할퀴어 버려!”

그러나 아무리 여러 애들이 응원을 했다 해도 빵집 주인 로젬베르크 아저씨가 나타나지 않았더라면 난 산산조각이 났을 것이다. 그는 발코니 뒤로 가서 비에의 멱살을 잡고 흔들어 댔다.

“부끄럽지도 않니? 이렇게 큰 녀석이 저렇게 작은 아이를 때리다니.”

우리 집 식구들 말로는 로젬베르크 아저씨가 랄라 누나를 좋아하고 있었다고 한다. 그는 우리가 랄라 누나와 함께 있을 때면 늘 얼굴에 미소를 함빡 띠고 생과자와 사탕을 주곤 했다. 그럴 때마다 입 속의 금니가 번쩍였다.

나는 밍기뉴에게 숨김없이 실패담을 털어놓았다. 그토록 빨갛게 부어 오른 얼굴로는 도저히 감출 수가 없었다. 아버지는 내 꼴을 보고 알밤을 몇 대 먹이셨다. 또또까 형은 야단을 맞았다. 아버지는 절대로 형을 때리지 않으셨다.

밍기뉴는 내 애길 자세히 들었다. 나는 그가 무슨 애기를 해도 내버려 두기로 했다. 그런데 그는 화난 목소리로 한 마디 내뱉었을 뿐이었다.

"바보같이!"

"싸운 건 별 거 아냐. 만일 네가 보았더라면⋯⋯."

나는 박쥐 때문에 있었던 일을 자세히 이야기해 주었다. 밍기뉴는 내가 그런 용기를 낸 데 놀랐는지 한 마디 거들어 주기까지 했다.

"복수할 날이 꼭 올 거야."

"그래. 꼭 복수하겠어. 난 톰 믹스(서부 영화의 주인공)에게 권총을 빌리고, 프레드 톰슨(역시 서부 영화의 주인공)의 '달빛' 망아지를 빌려서 '코맨치' 인디언처럼 무장을 하고 함정을 만들겠어. 언젠가는 꼭 그의 머리를 대나무 가지에 꽂아 들고 돌아올 테야."

그러나 분노의 감정은 곧 사라지고, 우리는 딴 애기를 했다.

"슈르르까, 너 알아? 내가 지난주에 최우수 학생으로 뽑혀 '요술 장미'란 동화책을 상으로 받았어."

밍기뉴는 내가 슈르르까라고 불러줄 때마다 정말 행복해했다. 지금도 그는 내가 자기를 매우 좋아한다는 걸 알고 굉장히 행복한 표정을 지었다.

"기억나."

"그 책을 읽은 애기는 안 했지? 그건 요정에게서 붉은 요술 장미 한 송이를 받은 한 왕자에 관한 애기였어. 이 운 좋은 왕자는 황금으로 만든 마구를 얹은 멋진 말을 타고 다녀. 책에 그렇게 나와. 왕자는 황금으로 장식한 말을 타고 모험을 하는 거야. 그리고 위험에 처하면 요술 장미를 흔들어. 그러면 장미는 왕자가 도망갈 수 있도록 연기를 만들어 줘. 사실 말이야, 밍기뉴. 이런 애기는 얼마나 바보 같은 얘기니, 그렇지? 나 같으면 그 따위 모험은 하지 않아. 난 톰 믹스나 벅 존스, 아니면 프레드 톰슨이나 리차드 탈마지 (모두 서부 영화의 주인공) 와 같은 모험이 좋아. 그들은 마구 치고받고, 총도 쏘고 신나게 싸우잖아. 만약 그들 가운데 누군가 위험이 닥쳤다고 해서 요술 장미를 흔든다면 얼마나 시시하겠니? 넌 그렇게 생각지 않니?"

"재미없을 것 같아."

"그런데 정말 궁금한 건 그게 아냐. 정말 장미 한 송이가 그런 요술을 부릴 수 있는지 그게 궁금해."

"좀 이상한 건 사실이야."

"이야기를 만드는 사람들은 아마 애들은 뭐든지 믿는다고 생각하나봐."

"정말 그래."

부스럭거리는 소리가 나고 루이스가 다가왔다. 동생은 점점 더 귀여워졌다. 그는 울보도 싸움꾼도 아니었다. 어쩔 수 없이 루이스를 돌보게 되었지만 나는 늘 기쁜 마음으로 그와 놀아 주었다.

나는 밍기뉴에게 속삭였다.

"다른 얘기 하자. 내가 그 애길 동생한테 해 주면 저 애는 재미있어 할 거야. 그러니 우린 어린애한테서 환상을 빼앗아선 안 돼."

"제제 형, 같이 놀아 줘."

"지금 놀고 있잖아. 뭐하고 놀까?

"동물원 놀이 하고 싶어."

나는 맥이 빠져 검은 암탉 한 마리와 흰 암탉 두 마리가 있는 닭장을 바라보았다.

"너무 늦었어. 사자들은 벌써 자러 갔고, 벵골 호랑이도 자고 있어. 이런 시간에는 모두 문을 닫아. 입장권도 더 이상 안 팔

걸.”

“그럼 유럽 여행해.”

모든 걸 다 아는군. 요 녀석은 한 번 들은 건 척척 외운단 말이야. 그렇지만 난 유럽 여행을 하고 싶지가 않았다. 난 계속 밍기뉴 곁에 있고 싶었다. 밍기뉴도 부어 오른 내 얼굴을 못 본 척하며 비벼대지도 않았다.

나는 동생 곁에 앉아 조용히 말했다.

“잠깐 기다려. 내가 뭘 할까 생각해 볼게.”

그때 한 천진스런 요정이 비단구름 속으로 들어가 나뭇잎과 뜰의 잡초와 슈르르까의 가지를 흔들었다. 슈르르까의 가지에서 잎사귀 하나가 내 얼굴에 떨어졌다. 상처 투성이 얼굴에 환한 미소가 저절로 솟았다.

“네가 그랬니, 밍기뉴?”

“아니.”

“아, 기분 좋아. 그렇다면 바람이 부는 계절이 된 거야.”

우리의 거리엔 여러 종류의 계절이 있었다. 구슬치기의 계절, 팽이 치는 계절, 그림딱지를 모으는 계절. 그러나 가장 멋진 계절은 연 날리는 계절이었다. 그때는 하늘이 가지각색의 연으로 가득 찼다. 멋진 장식을 단 예쁜 연들도 있었다. 그리고 하늘에서는 머리치기, 줄로 끌어내리기, 줄 끊기, 높이 날리기 등의 공중전이 벌어졌다.

칼로 줄을 끊어 연이 공중에서 빙빙 돌며 균형을 잃고 떨어지는 것마저 아름다웠다. 그때마다 거리란 거리는 온통 아이들로 꽉 찼다. 아이들 세상이었다. 방구 시의 온 거리가 다 마찬가지였다. 그 계절이 지나면 전깃줄에 연이 걸려 ‘라이트’ 전기회사가 전기를 보내는 데 방해가 된다고 어른들은 화를 내곤 했다. 그런데 지금 바람이 부는 것이다. 바람이……

바람이 불자 어떤 생각이 떠올랐다

"사냥놀이 할까, 루이스?"

"난 말을 탈 수가 없잖아?"

"그럼 탈 수 있어. 그러니 넌 여기 앉아서 어떻게 타는지 보란 말이야."

밍기뉴는 이 세상에서 가장 아름다운 말이 되었다. 바람이 점점 세지고 뒤뜰의 초라한 잡초밭이 거대한 녹색의 대평원이 되었다. 내 카우보이 옷은 금으로 장식되어 있고, 가슴에는 보안관 배지가 번쩍였다.

"이랴, 가자! 달려라, 달려……."

따각, 따각, 따각. 이미 톰 믹스와 프레드 톰슨이 와 있었다. 벅 존스는 이번에는 왠지 오지 않았고 리차드 탈마지는 영화를 찍고 있었다.

"가자! 가자! 이랴, 달려라, 달려! 저기 아파치 족들이 먼지를 일으키며 달려오고 있구나!"

따각, 따각, 따각. 인디언들이 요란한 소리를 내며 달려왔다.

"달려라, 달려! 들판이 물소와 들소로 가득 찼네. 여보게들 총을 쏘게. 철컥, 철컥, 철컥. 탕, 탕, 탕. 위-잉, 위-잉, 위-잉."

창들이 위잉 소리를 내며 날아갔다.

바람 소리, 신나게 달리는 소리, 먼지가 구름처럼 이는 속에서 루이스가 소리쳤다.

"제제 형! 제제 형!"

나는 천천히 말을 멈춰 날쌔게 뛰어내렸다.

"무슨 일이야? 물소가 네 곁에 다가왔니?"

"아니. 다른 거 하고 놀자. 인디언이 너무 많아 무서워."

"그렇지만 이 인디언들은 아파치 족이야. 모두 친구란 말이야."

“그래도 너무 많아서 난 무서워.”

정복

그 뒤 며칠 동안, 나는 담배를 사기 위해 차를 세워 두는 포르투갈 사람과 마주치지 않도록 일찍 집을 나와야만 했다. 상가 반대편 길모퉁이에 붙어 조심스럽게 걸어 다녔다. 그 거리는 집집마다 파두나무 울타리가 그늘을 드리우고 있었다. '리오-상파울로' 고속도로에 도착했을 때에도 운동화를 손에 쥔 채 공장의 커다란 담에 딱 붙어서 길을 건너야만 했다. 다행히도 시간이 지남에 따라 이렇게 조심스럽게 행동할 필요가 없어졌다. 사람들은 이미 그 일을 잊어버렸고 또 그 일을 당한 아이가 빠울로 씨의 장난꾸러기 아들이었다는 것도 잊은 듯했다. 그러나 나는 사람들이 내가 장난을 칠 때마다 나에 대해 다음과 같이 욕하고 있다는 걸 알고 있었다.

"바로 빠울로 씨의 아들이에요. 빠울로 씨의 아들, 그 바보같은 녀석입니다. 빠울로 씨의 아들 바로 그 녀석 말이에요.”

방구 시 축구팀이 안다라이 팀에게 졌을 때, ‘방구 시 축구팀이 빠울로네 아들보다 더 많이 얻어맞았다’라며 내게 빗대어 말하기도 했던 것이다.

때때로 나는 그 차가 길 한쪽에 서 있는 것을 보았다. 그 때마다 나는 포르투갈 사람과 마주치지 않으려고 걸음을 멈추곤 했다. 그는 세계에서 가장 멋진 차의 주인이지만, 내게 난폭한 짓을 했으므로 내가 커서 꼭 복수해야 할 적이었다.

그가 며칠씩 보이지 않을 때도 있었다. 참 다행스러운 일이었다. 아마 멀리 여행을 갔던가 아니면 며칠 휴가를 얻은 게 분명했다. 그럴 때에는 편안한 마음으로 학교까지 걸어갈 수 있었다. 그렇지만 때로는 그에게 복수하는 것이 과연 잘하는 일인지 확신할 수 없었다. 그러나 한 가지 잊을 수 없는 사실이 있었다. 그것은 그의 차에 매달렸을 때, 평범한 차에 매달렸을 때에는 느끼지 못했던 짜릿한 흥분과 귀가 확확 달아오르는 듯한 고통을 함께 맛보았다는 것이다.

여전히 나는 길에 나가 놀았다. 연을 날리는 계절이 왔다. 거리는 누구에게나 개방되어 있었다. 푸른 하늘에는 아름다운 색색의 별들이 낮에도 빛을 내고 있었다. 바람이 부는 날에는 연을 날리며 노느라 밍기뉴를 생각할 틈도 없었다. 심하게 매를 맞았을 때에야 겨우 찾아갈 뿐이었다. 한 차례 매를 맞고 나서 또 맞게 되면 어찌나 아픈지 밖에 나가 놀 엄두도 내지 못했기 때문이다. 그 때마다 나는 루이스 왕과 함께 늘 아름답다고 생각하는 나의 라임오렌지나무를 치장해 주러 갔다. 그 보답으로 밍기뉴는 빨리 꽃을 피우고 열매를 맺으려는지 자꾸만 자랐다. 다른 오렌지나무들은 아주 느릿느릿 자랐지만 나의 라임오렌지나무는 에드먼드 아저씨가 나를 두고 말한 것처럼 조숙했다. 나중에 에드먼드 아저씨는 내게 조숙이란 다른 일들이 일어나기 전에 미리 어떤 일들이 일어나는 것이라 설명해주셨다. 하지만 나는 아저씨가 정확하게 설명하지 못하셨다고 생각한다. 아저씨의 말씀은, 단지 일어나는 경우를 말하는 것이었다.

아무튼 나는 긴 끈과 도막난 실로 구멍 뚫린 병마개를 꿰어 밍기뉴의 몸에 달아 주었다. 밍기뉴는 더욱 아름다워 보였다. 바람이 몹시 부는 날이면 병마개끼리 부딪쳐 마치 프레드 톰슨이 '달빛' 망아지를 타고 은빛 채찍을 휘두르며 가는 것처럼 보였다.

학교 생활은 매우 재미있었다. 나는 모든 국가를 다 외웠다. 제일 중요한 것은 '진실의 노래'였다. 그리고 '국기에 대한 노래' '자유 국민의 노래' 등 다른 노래들도 있었다. '자유 국민의 노래'는 아주 잘 알려진 노래였다. 나도 그랬지만, 생각건대 톰 믹스도 역시 이 노래들을 좋아하는 것 같았다. 왜냐하면 우리가 말을 타고 전쟁터에 나가거나 사냥을 할 때면 그는 정중히 내게 청하곤 했었으니까.

"삐나제 인디언 투사, '자유 국민의 노래'를 불러 주시오."

그러면 나의 가냘픈 목소리는 거대한 평원을 가득 채웠다. 화요일마다 내가 조수로 일해 주는 아리오발도 아저씨의 목소리보다 훨씬 더 아름다웠다.

나는 기차를 타고 오는 내 친구 아리오발도 아저씨를 만나기 위해 화요일마다 수업을 빼먹곤 했다. 가득 찬 보따리 두 개를 어깨에 메고 손에 악보를 흔들어 보이며 그는 역 계단을 내려왔다. 그는 언제나 거의 다 팔 수 있었고, 그래서 우리들은 늘 기분이 좋았다.

학교에서는 틈만 있으면 구슬치기를 했다. 나는 구슬도둑이라 불릴 정도였다. 백발백중의 솜씨를 갖고 있어 언제나 가지고 간 것보다 세 배 이상의 구슬을 바구니에 가득 담고 돌아왔다. 그래서 나는 쥐새끼라고 불리우기까지 했다.

나는 세실리아 빠임 선생님에게서 감동을 받았다. 아이들이 선생님께 내가 동네에서 제일 못된 애라고 얘기해도 믿지 않으셨다. 나보다 더 욕을 잘하는 아이도 없으며 나만큼 장난이 심한 아이도 없다는 사실을 그녀는 결코 믿지 않았던 것이다.

나는 학교에서만은 천사였다. 꾸지람을 들은 적도 없었다. 게다가 나보다 더 작은 애가 없었기 때문에 모든 여선생님들의 귀여움을 독차지했다. 그리고 선생님은 우리 집이 가난하다는 걸 어렴풋이나마 알고 계셨는지 간식시간엔 빵집에서 생과자를 사먹으라고 돈을 주시기도 했다. 나는 이토록 다정하게 대해 주시는 선생님을 실망시키지 않으려고 착하게 굴었다.

그러나 갑자기 생각이 바뀌어 버렸다. '리오—상파울로' 고속도로를 늘 그렇듯 천천히 걷고 있을 때 포르투갈 사람의 차가 내 곁을 아주 천천히 지나간 것이다. 자동차 경적이 세 번 울렸고, 고개를 돌리자 아주 뚱뚱한 남자가 빙그레 웃고 있는 것이 보였다. 나는 화가 치밀어 올라 어른이 되면 꼭 복수하고 말겠다는 생각이 되살아났다. 나는 자존심 때문에 얼굴을 찌푸리고 모른 척해 버렸다.

"밍기뉴, 내가 말했지. 거의 날마다 그런다니까. 매일매일 나를 기다리다가 경적을 울리는 거야. 경적은 딱 세 번 울려. 어제는 아예 작별인사까지 하더라고."

"그래서 넌 어떻게 했니?"

"모르는 척했어. 못 본 척했단 말이야. 아마 내가 무섭게 보였을 거야. 보다시피 난 곧 여섯 살이 되고 또 어른이 될 거거든."

"네가 어른이 되면 앙갚음할까봐 그 사람이 널 무서워한다는 거야? 그래서 너하고 친구가 되고 싶어 한다는 거고?"

“틀림없어. 잠깐만, 상자 찾아올게.”

밍기뉴는 굉장히 많이 자란 것 같았다. 그래서 그의 가지 위로 올라가려면 이젠 밑에 상자를 받쳐야만 했다.

“됐어, 계속하자.”

나무 꼭대기에 오르면 내가 세상보다 더 크다는 느낌이 들었다. 여기저기 풍경을 볼 수도 있었고, 언덕을 풀숲 너머로 아기새들과 멀리서 먹이를 가져오는 어미새도 보였다. 또 루씨아노도 마치 알폰소스 비행장에서 날아온 비행기처럼 즐겁게 초저녁 하늘 밑 내 주위를 맴돌고 있었다. 대개 어린애들은 박쥐를 무서워하는데, 내가 그렇지 않다는 사실을 알고 밍기뉴도 무척 놀라워했다.

오랫동안 루씨아노는 나타나지 않았다. 그래서 딴 곳을 찾은 것이라고 생각했다.

“이봐, 밍기뉴. 아우제니아 아줌마 댁 고이아바 열매가 벌써 노랗게 익기 시작했어. 이제 고이아바의 계절이 되는가 봐. 그런데 슬프게도 내 마음속의 악마가 그걸 훔쳐 먹으라고 날 부추겨. 밍기뉴, 문제는 내가 오늘 벌써 세 번이나 매를 맞았다는 거야. 내가 여기에 왔다는 것은 이미 벌을 받았다는 증거거든.”

그러나 결국 악마가 나를 파두나무 울타리까지 내려가도록 만들었다. 오후의 산들바람이 내 코에 고이아바 향기를 몰아오고 있었다. 아니 그렇지 않다고 해도 냄새가 나는 것 같았다.

“여기서 망을 보며 저 나뭇가지에서 멀리 떨어져 있어. 무슨 소리가 나는가 잘 들어 봐.”

악마는 계속 속삭였다.

“뛰어가, 바보야. 망보는 사람이 없는걸. 아줌마는 이 시간에 일본 여자네 과일 가게에 간단 말이야. 베네딕트 씨? 무슨 소리야? 그는 있어도 없는 거나 마찬가지야. 거의 장님인데다가 귀머

거리잖아. 쓸데없는 걱정 마. 그가 알아채도 충분히 도망갈 수 있
어.”

　나는 맘을 굳게 먹고 울타리를 끼고 언덕까지 올라갔다. 그 전
에 밍기뉴에게 소리를 내지 말라고 신호를 보냈다. 가슴은 벌써
두근거리고 있었다. 그러나 아우제니아 아줌마는 허수아비가 아
니었다. 게다가 그녀는 굉장한 수다쟁이였다. 내가 숨을 죽이고
한 발 한 발 다가가고 있을 때 그녀의 커다란 목소리가 부엌 창
문에서 들려왔다.

　“무슨 짓이냐?”

　나는 공을 주우러 왔다든가 하는 거짓말로 둘러댈 생각은 하지
못하고 꽁무니가 빠져라 언덕으로 내달렸다. 그러나 그 곳에는
또 다른 것이 나를 기다리고 있었다. 어찌나 아팠던지 소리를 지
를 뻔했다. 그러나 그랬다간 또 매를 맞을 것 같아 꾹 참았다. 우
선 첫째로 벌을 받다가 도망쳤기 때문에 맞을 게 분명했고, 그 다
음엔 남의 집 고이아바 열매를 훔치려 했기 때문에 맞을 것이 틀
림없었다. 왼쪽 발을 살펴보니 유리조각이 박혀 있었다.

　얼마나 아픈지 정신이 하나도 없었다. 게다가 뒤뜰의 더러운
개울물과 피가 섞이는 걸 보니 한숨이 저절로 나왔다. 어떻게 한
담? 나는 눈에 눈물이 가득 고인 채 유리를 빼냈다. 그러나 피를
멈추게 할 방법이 없었다. 단지 아픔을 줄이기 위해 발뒤꿈치를
꼭 잡고 있을 뿐이었다. 마음을 모질게 먹어야만 될 것 같았다.

　이미 저녁이 다가오고 있었다. 엄마, 아버지, 랄라 누나도 곧
돌아올 것이다. 나를 발견하는 사람은 누구든지 날 때릴 거다. 셋
이 번갈아가며 때릴지도 몰라. 나는 정신없이 한 발을 절뚝거리
며 울타리를 따라 나의 라임오렌지나무까지 와서는 그 밑에 앉았
다. 그러자 아픔이 조금 가라앉았다.

　“잘 살펴봐, 밍기뉴.”

밍기뉴는 겁을 잔뜩 집어먹었다. 그도 나만큼 피를 보는 게 싫은 것 같았다.

"맙소사, 어떡하지?"

나를 도와줄 수 있는 사람은 또또까 형뿐인데 형은 지금 어디를 쏘다니고 있는 걸까? 글로리아 누나도 있지. 글로리아 누나는 부엌에 있을 거야. 누나는 나를 때리는 걸 그다지 좋아하지 않는 유일한 사람이었다. 어쩌면 내 귀를 잡아당길지도 모르고 때리려 할지도 몰라. 하여튼 부딪쳐 봐야지. 나는 어떻게 하면 글로리아 누나가 날 때리지 않을까 생각하며 부엌문으로 왈칵 뛰어 들어갔다. 누나는 헝겊에 수를 놓고 있었다. 나는 어깨를 축 늘어뜨리고 앉았다. 그런데 이번에는 신의 가호가 내린 것 같았다. 그녀가 머리를 숙이고 있는 나를 바라본 것이다. 그리고 내가 벌을 받았다는 것을 알고 있는지 잔소리를 하지 않기로 결심한 듯했다. 나는 눈에 눈물이 가득 고인 채 엉엉 울었다. 그리곤 누나를 바라보았다. 그러자 누나는 수틀에서 손을 떼었다.

"왜 그래, 제제?"

"아무 것도 아니야, 고도이아 누나! 왜 아무도 날 좋아하지 않지?"

"네가 너무 장난꾸러기라서 그렇지."

"오늘은 벌써 세 차례나 맞은걸."

"매 맞을 만한 잘못을 했잖아."

"그게 아니라, 왜 아무도 날 좋아하지 않느냔 말이야. 왜 내 얘긴 듣지도 않고 무조건 덮어놓고 때리기만 하냐고!"

열다섯 살의 소녀 글로리아는 감동하기 시작했다. 그러자 나는 재빨리 그것을 이용했다.

"난 차라리 내일 '리오―상파울로' 고속도로에 나가 온몸이 산산조각 나도록 차에 치여 죽는 게 낫겠어."

내 눈에서 눈물이 펑펑 쏟아져 내렸다.

"바보 같은 소리 마, 제제. 난 널 무척 좋아해."

"거짓말 마. 누군가 오늘 또 날 때리려 하면 그냥 내버려 둘 텐데 뭘."

"이렇게 어두워졌으니 더 장난칠 수도 없고 그러면 더 맞을 필요도 없을 텐데?"

"하지만 이미 저지른 걸……."

누나는 수틀을 놓고 내게 다가왔다. 그리곤 피에 흠뻑 젖은 내 발을 보고 비명을 질렀다.

"맙소사! 아가, 이게 웬일이니?"

시작부터 승리한 거나 다름없었다. 누나가 나를 '아가'라고 부를 때는 언제나 나를 구해 줬으니까.

누나는 내 목을 끌어안고 의자에 앉혔다. 그리고 소금물이 든 대야를 가지고 와서 내 발끝에 무릎을 꿇고 앉았다.

"많이 아프지, 제제."

"굉장히 아파."

"저런! 손가락 세 개 합친 것만큼이나 베었어. 어쩌다 이랬니?"

"제발 아무에게도 애기하지 마, 글로리아 누나. 착한 사람이 되겠다고 약속할게. 매 맞지 않게 해줘."

"알았어, 애기 안 할게. 하지만 어떡하지? 발이 헝겊에 싸여 있는 걸 식구들이 볼 텐데. 그리고 내일 아침엔 학교도 가지 못할 거야. 그러면 다 알게 되잖아."

"학교엔 갈거야. 정말이야. 도로가까지 신발을 신고 갈게. 그 다음엔 좀 쉬울 거야."

"그럼 가서 자. 발을 쭉 뻗고 자. 그렇지 않으면 아파서 내일 걷지도 못할 테니."

누나는 절뚝거리는 나를 침대까지 데려다 주었다.

"다른 사람들이 오기 전에 먹을 걸 좀 갖다 줄게."

내게 음식을 가져왔을 때 나는 참을 수 없어 누나에게 입을 맞추었다. 이러한 일은 드문 일이었다.

모두들 돌아왔을 때 엄마는 내가 없다는 걸 알아채셨다.

"제제는 어디 있니?"

"자고 있어요. 머리가 아프다면서 일찍 자리에 들었어요."

나는 상처가 후끈거리는 것도 잊은 채 엿듣고 있었다. 나는 사람들의 이야기 속에 내 이름이 오르내리는 걸 좋아했다. 글로리아 누나는 내 편이 되기로 결심한 듯 볼멘소리로 말했다.

"왜 모두들 그 애만 때리고 그래요? 오늘은 아주 짓밟아 놓기까지 하고. 세 번씩이나 때리다니 너무하지 않아요?"

"하지만 그 자식 아주 못됐잖아. 매나 맞아야 얌전해지고."

"넌 그 애를 한 번도 때린 적 없어?"

"나는 웬만해선 때리지 않아요. 장난이 아주 심할 때 그저 귀

를 잡아당기는 정도죠. 그 앤 아직 여섯 살도 채 못됐어요. 장난
이 좀 심하기는 하지만 그래도 아직은 어린애예요."
　그 말을 들으니 나는 굉장히 기뻤다.

　글로리아 누나는 내가 운동화 신는 것을 도와주면서도 무척 애
처로워했다.
　"갈 수 있겠니?"
　"견딜 만해."
　"'리오―상파울로' 고속도로에서 바보짓하지 마."
　"안 할게."
　"어제 차에 치여 죽겠다고 말한 건 진심이 아니지?"
　"응. 근데 아무도 날 좋아하지 않는다고 생각하니까 좀 속이
상해."
　누나는 내 더벅머리 금발을 쓸어 주고 나를 배웅했다. 난 단지
길거리까지 나가기가 조금 힘들거라 생각했다. 신발을 벗으면 조
금 덜 아플 것 같았다. 그러나 발이 땅에 바로 닿았을 때는 공장
벽에 기대어 천천히 걸어야만 할 정도였다. 이렇게 해선 도저히
갈 수 없을 것 같았다.
　그때 기묘한 일이 일어났다. 자동차의 경적이 세 번 울렸다. 화
가 났다. 남은 아파 죽겠는데 모욕을 주러 오다니…….
　차를 내 옆에 바싹 붙여 몰며 그는 몸을 내밀고 물었다.
　"꼬마야, 발을 다친 거냐?"
　남이 간섭할 일이 아니라고 생각했다. 그래도 그가 '요녀석'하
고 부르지 않았기 때문에 대꾸하지 않고 그냥 계속 오 미터쯤 걸
어갔다.
　그러자 그는 시동을 걸어 내 곁을 지나 벽에 차를 붙여 버릴
듯 몰았다. 그러더니 조금씩 앞으로 몰아 내 앞 길을 가로막아 버

렸다. 그러고는 문을 열고 내렸다. 나는 그의 커다란 얼굴을 보자 몸을 움츠렸다.

"무척 아픈가 보구나, 꼬마야."

나를 때렸던 사람이 그렇게 다정하고 친근한 목소리로 말한다는 게 난 믿기 어려웠다. 그는 더 가까이 다가와서 뚱뚱한 몸을 굽혀 내 얼굴을 들여다보았다. 미소를 띠고 있었는데 어찌나 부드러워 보였는지 마치 사랑을 고백하는 표정 같았다.

"보아하니 몹시 다친 모양이구나. 어쩌다 그랬지?"

대답하기 전에 나는 조금 울먹였다.

"유리조각이 박혔어요."

"깊이 박혔니?"

나는 손가락으로 그 깊이를 어림잡아 보았다.

"음, 크게 다친 것 같은데. 집에 있지 않고 왜? 가만 보니 학교에 가나 본데, 괜찮아?"

"집에선 아무도 다친 걸 몰라요. 만일 집에서 알게 되면 다시는 그런 짓을 못하게 때리려고 할 거예요."

"이리 온, 내 데려다 줄 테니."

"고맙지만 싫어요."

"왜?"

"지난번 일을 학교 애들이 다 알아서요."

"하지만 이렇게 걸어갈 순 없잖아?"

그건 그렇다고 난 고개를 끄덕여 보였다. 그리고 자칫하면 자존심이 허물어져 버릴 것만 같아 고개를 푹 숙여 버렸다.

그는 내 턱을 붙잡아 올렸다.

"지난 일들은 잊어버리자. 차를 타본 적 있니?"

"없어요."

"그러면 내가 태워 주마."

“하지만 탈 수 없어요. 우리는 원수지간이잖아요?”

“그런 건 상관없어. 난 그 따위 일은 신경 쓰지 않아. 만일 네가 부끄럽다면 학교 조금 못 미쳐서 내려 주마. 그러면 타겠니?”

나는 너무 고마워서 대답도 못하고 고개만 끄덕였다. 그러자 그는 내 목을 끌어안더니 문을 열어 조심스레 나를 차에 태웠다. 그리곤 자신은 운전석에 앉았다. 그는 시동을 걸기 전에 내게 다시 한 번 미소를 지어 보였다.

“이러면 훨씬 좋을 게다. 두고 봐.”

부드럽게 굴러가는 자동차에 몸을 맡기며 눈을 감고 있으니 졸음이 오기 시작했다. 프레드 톰슨의 ‘달빛’ 망아지보다도 훨씬 부드럽고 기분이 좋았다. 그러나 오래 그렇게 있을 수는 없었다. 눈을 떠 보니 학교에 거의 다 와 버린 것 같았다. 아이들이 학교 정문으로 들어가는 모습이 보였다. 난 깜짝 놀라 의자 밑으로 숨었다. 그리고 상기된 목소리로 말했다.

“학교 앞 조금 못 미쳐서 내려준다고 약속했잖아요.”

“생각을 바꿨다. 그런 발을 더 이상 그냥 내버려 둘 수는 없어. 파상풍을 일으킬 염려가 있어.”

그러나 난 어찌나 아팠던지 이 근사한 말이 얼마나 어려운 단어인가를 물을 수조차 없었다. 게다가 가기 싫다고 떼쓰는 것도 쓸데없는 일이라는 걸 알았다. 차가 까지냐 거리에 접어들었을 때 나는 의자 위로 올라왔다.

“넌 아주 용감한 사나이같이 보이던데, 어디 한번 시험해 보자.”

그는 병원 앞에 차를 세우고 나를 안아 올렸다. 라이문드 빠스 박사가 우리를 맞았을 때 나는 기절할 것만 같았다. 그는 공장 담당의사였고 아버지와도 잘 아는 사이였기 때문이다. 그는 내 마음을 들여다볼 듯이 얼굴을 뚫어지게 쳐다보며 물었다.

"너는 빠울로 바스콘셀로스네 아들이지? 아버지는 일자리 구하셨니?"

나는 포르투갈 사람이 아버지가 실업자라는 걸 알게 되는 게 부끄러웠지만 대답을 하지 않을 수 없었다.

"구하시는 중이에요. 여러 군데 말씀해 놓고 계세요."

"자, 그러면 어디 한 번 볼까?"

그는 상처에 감긴 헝겊을 풀더니 놀라서 '음' 하고 신음소리를 냈다. 나는 울듯이 입술을 내밀었다. 그러자 포르투갈 사람이 재빨리 달려와 뒤에서 잡아 주었다.

그들은 나를 하얀 시트가 깔린 진찰대 위에 앉혔다. 그리고 수술 기구를 잔뜩 들고 나타났다. 난 벌벌 떨었다. 그러자 곧 포르투갈 사람이 내 등에 그의 가슴을 대고, 내 어깨를 두 손으로 힘껏 감싸 주었기 때문에 더 이상 떨리지 않았다.

"그렇게 아프진 않을 거야. 치료가 끝나면 주스와 과자를 사 주마. 그리고 울지 않는다면 영화배우의 사진이 그려진 카드도 사 주지."

나는 이를 악물고 참았다. 눈물이 나왔으나 꾹 참았다. 무척 아팠다. 파상풍 주사까지 맞고 토하고 싶은 것까지도 참았다. 포르투갈 사람은 아픔을 조금이라도 함께 나누기를 바라는 듯 나를 힘껏 껴안아 주었다. 그리고 손수건으로 땀에 흠뻑 젖은 내 얼굴과 머리를 닦아 주었다. 영원히 끝날 것 같지 않던 치료는 어느새 끝나있었다.

나를 차로 데려갈 때에 그는 아주 기분이 좋아 보였다. 그는 내게 약속한 것을 모두 사 주었다. 그러나 나는 아무 것도 먹고 싶지 않았다. 마치 발끝으로부터 온 정신이 쏙 뽑힌 것 같았다.

"이래 가지곤 학교에 갈 수 없다, 꼬마야."

자동차 안에서 나는 그의 곁에 바싹 붙어 앉아 그의 팔을 만지

작거리며 운전을 방해했다.

"집에 데려다 주마. 아무 구실이든 만들면 돼. 이렇게 말할 수
도 있겠지. 쉬는 시간에 다쳐서 선생님이 병원에 데려다 주셨다
고 말이야."

알았다는 듯이 나는 그를 쳐다보았다.

"용감한 사내로구나, 꼬마야."

무척 아팠지만 그래도 난 웃어 보였다. 그리고 아픔 속에서도
중요한 사실 하나를 발견했다. 이제는 이 포르투갈 사람이 내게
가장 소중한 사람이 되었다는 것을 말이다.

이런 이야기 저런 이야기

"이봐, 밍기뉴. 난 다 알아냈어. 몽땅 다 말이야. 그는 까빠네마 공작 거리 끝에 살고 있어, 맨 끄트머리에 말이야. 그는 집 옆에 차를 세워 둔단다. 새장도 두 개씩이나 있어. 하나는 카나리아를 키우고, 다른 하나는 파랑새를 키워. 아무도 일어나지 않는 이른 새벽에 구두통을 메고 가봤거든. 얼마나 가고 싶었는지 아니? 밍기뉴, 글쎄 구두통이 무거운 줄도 몰랐지 뭐야. 가서는 집을 자세히 살펴봤어. 한데 혼자 살기엔 너무 큰 집 같았어. 그는 한쪽 구석에 있는 물탱크 옆에 있었어. 면도를 하고 있었던 거야."

난 손뼉을 치고 외쳤어.

"구두 닦으세요."

그는 비누를 잔뜩 묻힌 얼굴로 나왔어. 반쪽만 면도를 했더라. 그 사람이 웃으면서 이러는거야.

"아, 너였구나. 들어오렴, 꼬마야."

나는 그의 뒤를 따라갔어.

"금방 끝날 테니 기다려라."

그러고는 면도를 계속했어. 쓰윽, 쓰윽, 쓰윽. 나도 이다음에 어른이 되면 그렇게 멋진 소리를 내며 면도를 할 수 있게 수염이 많았으면 좋겠다고 생각했어. 쓰윽, 쓰윽.

나는 내 작은 구두통에 앉아서 기다렸어. 그는 거울을 통해 나를 쳐다보았지.

"학교는?"

"오늘은 국경일이잖아요. 그래서 돈 벌려고 구두 닦으러 나온 거예요."

"아, 그렇군!"

그는 계속해서 수염을 깎았어. 그리고 물탱크에 몸을 구부려 얼굴을 씻었어. 수건으로 물기를 닦아 내자 얼굴이 발그레해지고 윤이 났지. 그는 다시 한 번 미소를 지었어.

"나하고 커피 마실까?"

나는 마시고 싶었으나 싫다고 말했어.

"들어가자."

밍기뉴, 난 단지 모든 것이 잘 정리되어 있었고 깨끗했다는 걸 네가 알아줬으면 해. 식탁에는 빨강 체크무늬 식탁보까지 덮여 있었어. 게다가 찻잔도 있었고. 우리 집에 있는 것 같은 머그잔이 아니야. 그가 일하러 나가면 늘 흑인 아줌마가 와서 청소를 한대. 그가 말했단다.

"너도 먹고 싶으면 나처럼 해 봐라. 커피에 빵을 담그는 거야. 하지만 삼킬 땐 소리를 내지 마라. 아주 보기 흉하거든."

나는 말을 멈추고 밍기뉴를 쳐다보았다. 그는 헝겊 인형처럼 입을 꼭 다물고 있었다.

"왜 그래?"

"아냐, 듣고 있어."

"이봐, 밍기뉴. 난 싸우긴 싫어. 그러니까 싫증이 났다면 당장 말해 주는 게 좋아."

"넌 이제 포르투갈 사람하고만 놀이를 하는데, 난 낄 수가 없잖아."

나는 잠시 생각에 잠겼다. 그건 사실이었다. 밍기뉴가 이 놀이를 함께 할 수 없다는 생각을 미처 못했던 것이다.

"내일 모레 우리 벅 존스를 보러 가자. 또우로 센따도 족(브라질 인디언 종족의 이름으로 '앉아 있는 황소'라는 뜻) 추장을 통해 내가 그에게 연락할게. 벅 존스는 멀리 사반나에서 사냥을 하고 있을 거야. 밍기뉴, 내가 사반아라고 했니, 사반나라고 했니? 영화에서 보니까 뒤에 'ㄴ'이 붙었던 것 같은데, 잘 모르겠다. 진지냐 할머니 댁에 가면 에드먼드 아저씨께 여쭤 봐야겠어."

잠깐 침묵이 흘렀다.

"아까 어디까지 얘기했지?"

"빵에 커피를 담그는 데까지."

나는 한바탕 웃었다.

"바보야. 빵에 커피를 담그는 게 아니라 커피에 빵을 담그는 거야."

하여튼 그때 나는 잠자코 있었어. 그런데 그가 날 한참 훑어보지 않겠니?

"내가 살고 있는 곳을 알아내려고 꽤 애쓴 모양이구나."

나는 어쩔 줄 몰랐어. 그래서 사실대로 이야기하기로 마음먹었지.

“아저씨, 제가 얘기해도 화내지 마세요.”

“화 안 내마. 친구 사이엔 비밀이 없는 법이다.”

“구두 닦으러 나온 게 아녜요.”

“짐작하고 있었지.”

“굉장히 오고 싶었어요. 하지만 이런 동네에선 먼지 때문에 구두를 닦으려 하는 사람은 아무도 없어요. 단지 ‘리오-상파울로’ 거리에 사는 사람들만이 구두를 닦아요.”

“하지만 이런 무거운 통을 메지 않고도 올 수 있지 않니?”

“이 통을 메지 않으면 집을 나올 수가 없어요. 겨우 집 언저리에서만 놀 수 있거든요. 그럴 때도 가끔 집에 들어가 얼굴을 내밀어야 해요. 아시겠죠? 그래서 멀리 나갈 때는 돈 벌러 가는 척해야 돼요.”

그는 나의 논리적인 말에 웃었어.

“우리 집 식구들은 내가 일하러 나간다고 해야 장난을 치지 않겠구나 하고 생각해요. 그게 훨씬 나아요. 매를 덜 맞거든요.”

“난 네가 그렇게 말썽꾸러기라는 게 믿기지 않는데?”

나는 시무룩해졌어.

“난 아무짝에도 못 쓸 녀석이에요. 아주 나쁜 아이예요. 악마가 마음속에 있어서 크리스마스에 아무 선물도 못 받았어요. 지독한 악질이래요. 전 사고뭉치예요. 태어날 때부터 불량배고요. 우리 누나 하나는 나처럼 못된 녀석은 처음부터 태어나지 말았어야 했다고 그랬어요.”

그는 놀랍다는 듯 머리를 긁적이더라.

“지난 주일에는 매만 잔뜩 맞았어요. 어떤 때는 굉장히 아파요. 또 어떤 때는 내가 저지르지 않은 일로도 매를 맞았어요. 모든 잘못이 다 내게로 돌아와요. 우리 집 식구들은 습관처럼 늘 날 때려요.”

“무슨 일을 저질렀는데?”

“아마도 마음속에 악마가 있기 때문일 거예요. 장난치고 싶으면 참을 수가 없거든요. 지난주엔 제가 아우제니아 아줌마네 집 울타리에 불을 냈어요. 꼬르델리아 아줌마는 제가 게딱지라고 불렀더니 몹시 화를 내셨어요. 또 헝겊으로 만든 공을 찼는데 그 바보 같은 공이 창문으로 날아 들어가 나르시자 아줌마네 큰 거울을 깨지 않았겠어요. 그리고 새총으로 전등을 세 개나 깼고, 아벨 아저씨네 아들 머리에다 돌도 던졌어요.”

그는 웃음이 나오는 걸 참으려고 손으로 입을 가렸어.

“또 있어요. 막 심어 놓은 뗀떼나 아줌마네 묘목을 죄다 뽑아 버렸고요, 로제나 아줌마네 고양이에게 구슬을 먹였어요.”

“아하, 그건 몹쓸 짓인데. 나는 동물을 학대하는 게 제일 싫거든.”

“그렇지만 아주 작은 구슬이었어요. 사람들이 설사약을 먹이니까 곧 나왔는걸요. 그런데 사람들은 내게 새 구슬을 사주기는커녕 막 때리지 않겠어요. 가장 슬펐던 건 자고 있는데 아버지께서 나막신으로 마구 때리신 거예요. 나는 왜 맞아야 하는지도 잘 몰랐거든요.”

“왜 맞았을까?”

“아마 애들하고 영화를 보러 간 일 때문일 거예요. 아주 요금이 싼 이등석으로 갔죠. 그런데 오줌이 마려웠어요. 아시겠어요? 그래서 벽 모퉁이에 붙어 서서 눠 버렸지요. 물줄기가 흘러내렸어요. 밖으로 나가 오줌을 누게 되면 영화의 장면을 놓치게 되잖아요. 얼마나 바보 같은 짓이에요? 아저씬 아이들이 어떻다는 걸 잘 아실 거예요. 그런데 나만 그랬으면 괜찮았을 텐데 다른 아이들도 다 오줌이 마려웠거든요. 모두들 구석에 가서 눠 버렸죠. 그러자 강처럼 되어 버렸어요. 결국 그것이 빠울로 씨의 아들 짓이었다는 게 들통났죠. 그래서 방구 시 영화관에서는 내게 철이 들 때까지 1년간 입장을 금지시켰어요. 밤에 극장 주인이 아버지에게 일러바쳤고 아버지는 그냥 넘길 일이 아니라고 생각하셨죠."

밍기뉴는 아직도 떨떠름한 얼굴이었다.
"이봐, 밍기뉴! 그럴 필요 없잖아? 그 사람은 내 가장 친한 친구란 말이야. 그리고 루이스가 우리 형제 가운데서 최고인 것처럼 너도 나무들 가운데서 왕이란 말이야. 너는 내가 좋아하는 것이면 무엇이나 다 좋아할 수 있는 넓은 마음을 가져야 할 필요가 있어."
그래도 그는 아무 말도 하지 않았다.
"알았어. 밍기뉴, 난 구슬치기나 하러 갈란다. 네가 자꾸 그러니까 짜증 나."
처음에는 나에게 모욕을 준 사람의 차를 타고 다닌다는 게 부끄러워 그와의 만남을 비밀로 했다. 지켜야 할 비밀이 있다는 사실은 매우 신나는 일이었다. 포르투갈 사람도 내가 하자는 대로 해 주었다. 우리는 아무도 우리 사이를 눈치채지 못하게 하자고 굳게 약속했다. 그 첫째 이유는 아이들을 차에 태워주고 싶지 않아서였다. 혹시 아는 사람이 가까이 오면, 그 사람이 또또까 형일지라도 나는 고개를 숙여 버렸다. 그 다음 이유는 우리의 대화를 방해 받기 싫어서였다.
"아저씨는 우리 엄마를 보신 적이 없죠? 엄마는 인디언이에요. 진짜 인디언의 딸이시죠. 우리 집 식구들은 모두 반은 인디언이에요."
"그런데 너는 왜 피부가 하얗지? 머리는 흰색에 가까운 금발머리인데?"
"포르투갈 사람의 피가 섞였기 때문이에요. 하지만 엄마는 진짜 인디언이에요. 아주 까만 생머리를 갖고 계세요. 글로리아 누나와 나만 이런 억센 털 러시아 고양이 같은 머리칼을 갖고 태어났어요. 엄마는 집세를 벌기 위해 영국인 방직공장에 다니세요. 저번엔 실타래를 메고 다니다가 많이 다치셨어요. 그래서 의사한테 갔죠. 의사가 찢어진 곳에 부스럼이 날까봐 붕대를 감아 주셨어요. 엄마는 저한테 아주 잘해 주세요. 때릴 적에드 뒤뜰에 있는 접시꽃 나무의 가느다란 가지로 종아리를 때리세요. 엄마는 저녁에 집에 돌아오시면 너무 지쳐서 얘기하실 기운조차 없으세요.”

그는 앞으로 차를 몰고 나는 계속 재잘거렸다.

“가장 지독하게 구는 건 큰누나예요. 매일 연애만 해요. 엄마는 가끔 누나보고 우리를 데리고 바람이나 쐬고 오라고 하세요. 그럴 때마다 윗길로는 가지 말라고 하세요. 왜냐하면 길 모퉁이에서 애인 녀석이 기다리고 있기 때문이에요. 그래서 우리가 아랫길로 내려가면 거기에는 또 딴 애인 녀석이 기다리고 있어요. 누나가 매일 연애편지만 쓰기 때문에 연필이 남아나질 않아요.”

“다 왔다.”

시장 근처에 접어들자 그는 약속한 장소에 차를 세웠다.

“내일 보자, 꼬마야.”

나는 그가 차를 대는 곳에 들를 때마다 이런저런 핑계를 대서 주스도 마시고 딱지도 얻어 갔다. 그도 그것을 이미 알고 있었다. 나는 그가 한가한 시간이 언제라는 것까지 알고 있었다.

그렇게 한 달이 흘렀다. 나는 그에게 크리스마스에 있었던 얘기를 들려주었다. 그처럼 큰 어른이 어쩌면 그렇게 슬픈 표정을 지을 수 있는지 난 상상도 하지 못했다. 그는 눈물을 글썽이며 내 머리를 쓰다듬었다. 그리고 절대로 다시는 크리스마스에 선물을 얻으러 가도록 내버려 두지 않겠다고 약속했다.

세월은 아주 천천히 지나갔다. 정말 행복한 날들이었다. 우리 집에선 내가 변한 걸 눈치챈 것 같았다. 그렇게 심한 장난도 치지 않았고, 오직 뒷마당 구석의 내 세계에서만 살았다. 때때로 악마가 내 마음을 정복할 때도 있었다. 그러나 예전처럼 심한 욕을 하지도 않았고 더 이상 이웃을 괴롭히지도 않았다.

그와 나는 늘 드라이브를 했다. 어느 날, 그는 차를 세우고 내게 미소를 지어 보이며 말했다.

"우리 차로 드라이브하는 게 그렇게 좋으니?"

"이게 제 것도 되나요?"

"내 것은 모두 네 것이다. 우리는 아주 친한 사이니까."

나는 굉장히 기분이 좋았다. 아, 이렇게 멋진 차의 절반이 내 것이라니, 그걸 모든 사람들에게 애기할 수 있다면 얼마나 좋을까.

"이제 우리는 정말 친한 친구 사이가 된 거지?"

"맞아요."

"그렇담 한 가지 물어 볼 게 있는데."

"네 좋아요."

"나 혼자 생각해 본 건데, 아직도 이다음에 커서 나에게 복수하고 싶니?"

"그렇지 않아요. 절대로 그렇게 하지 않겠어요."

"그렇게 말했었잖아, 안 그래?"

"그땐 화가 나서 그랬어요. 난 절대 아무도 죽이지 못해요. 집에서 닭 잡는 것도 못 쳐다보는 걸요. 얼마 뒤에 아저씨가 사람들이 말하는 그런 사람이 아니라는 걸 알았어요. 아저씨는 식인종도 아무것도 아닌걸요."

그는 깜짝 놀라 몸을 튕겼다.

"뭐라고 그랬지?"

"식인종이라고 했어요."

"그게 무슨 뜻인지 알기나 하니?"

"물론 알고 있어요. 에드먼드 아저씨가 가르쳐 주셨어요. 아저씨는 척척박사예요. 어떤 사람이 사전을 만들기 위해 아저씨를 초청해 가려고 시내에서 오기까지 했었어요. 이때까지 내게 설명해 주시지 못한 건 한 가지밖에 없어요. 그건 탄화규소라는 말이에요."

"말머리를 돌리려 하는구나. 식인종이 무엇인지 정확히 내게 설명해 줘야지."

"식인종은 사람 고기를 먹는 인디언이에요. 브라질 역사책에는 포르투갈 사람을 먹으려고 껍질을 벗기고 있는 그 인디언들 그림이 나와요. 그들은 또 자기들과 사이가 나쁜 다른 종족들도 잡아먹었대요. 아프리카 식인종은 특히 수염이 긴 선교사들을 좋아한대요."

그는 브라질 사람들은 흉내도 내지 못할 희한한 웃음을 터뜨렸다.

"너 정말 똑똑하구나, 꼬마야. 때론 날 놀라게까지 한단 말이야."

그러더니 나를 차근히 뜯어보았다.

"말 좀 해 봐라, 꼬마야. 넌 도대체 몇 살이냐?"

"거짓말 나이 말예요? 진짜 나이 말예요?"

"물론 진짜 나이지. 난 거짓말하는 친구는 싫어해."

"알았어요. 진짜 나이는 다섯 살이에요. 거짓 나이는 여섯 살이고요. 그렇게 하지 않으면 학교에 갈 수 없었어요."

"왜 그렇게 일찍 학교에 보내려고 했을까?"

"생각해 보세요. 모두들 몇 시간만이라도 내게서 자유로워지기를 원했거든요. 아저씨, 아저씬 '탄화규소'가 뭔지 아세요?"

"그런 말을 어디서 들었지?"

나는 새총알로 쓰는 조약돌과 팽이줄, 구슬 등이 들어 있는 주머니에 손을 넣었다.

"여기서요."

나는 인디언 얼굴이 새겨져 있는 메달을 꺼냈다. 그것은 머리에 깃털을 잔뜩 꽂은 북아메리카 인디언이었다. 메달 뒷면에 '탄화규소'라고 적혀 있었다.

그는 메달을 손에 올려놓고, 앞뒤로 돌려 보았다.

"글쎄, 나도 잘 모르겠는데. 어디서 났지?"

"아버지 시계에 붙어 있던 거예요. 바지 주머니에 달 수 있게 줄이 달려 있었어요. 아버지 말씀이 그 시계는 내게 물려줄 것이었대요. 하지만 아버지가 돈이 필요하셔서 그 시계를 파셨어요. 아주 예쁜 시계였어요. 팔고 남은 걸 물려주셨는데 그게 바로 이거예요. 줄은 썩은 냄새가 나서 끊어 버렸어요."

그는 다시 내 머리를 쓰다듬어 주었다.

"넌 굉장히 복잡한 아이구나. 하지만 이 포르투갈 사람의 마음에 기쁨을 가득 부어 주기도 한다. 솔직히 말하던 그래. 그렇고말고. 이제 그만 가볼까?"

"난 지금이 참 좋은데……. 조금만 더 있으면 안 돼요? 진지하게 할 말이 있어요."

"얘기해 봐라."

"우리 정말 친구 맞죠? 친한 친구요, 그렇죠?"

"틀림없이 그렇지."

"차도 이미 절반은 제 거죠, 그렇죠?"

"언젠가는 완전히 네 것이 될 거야."

"그렇담……."

나는 좀처럼 말을 꺼낼 수가 없었다.

"얘기해 봐. 왜 머뭇거리니? 넌 그런 애가 아닐 텐데……."

“화 안 낼 거죠?”

“물론이지.”

“우리 사이에 꼭 두 가지가 맘에 들지 않아요.”

그래도 난 여전히 하고 싶은 말을 쉽게 꺼낼 수가 없었다.

“뭔데?”

“첫째, 우리가 정말 친구라면 왜 제가 계속 아저씨라고 불러야 하냐는 거예요.”

그는 빙그레 웃었다.

“그렇다면 아무렇게나 불러도 좋아. 당신도 좋고 너도 좋고.”

“너는 안 돼요. 너무 어려워요(브라질에서 쓰이는 포르투갈어에서는 2인칭을 거의 쓰지 않아 동사 변화에 곤란을 겪는 때가 있다). 게다가 밍기뉴에게 우리 애길 들려줘야 하거든요. 그런데 내가 ‘너’라고 하면 동사 변화가 어려워져요. 차라리 당신이 낫겠어요. 화내지 않으실 거죠?”

“화를 낼만한 이유가 없잖아. 그건 당연한 요구인걸. 그런데 밍기뉴란 이름은 처음 듣는데, 누구지?”

“밍기뉴는 슈르르까예요. 그러니까 슈르르까가 밍기뉴고 밍기뉴가 슈르르까예요.”

나는 말을 되풀이했다.

“밍기뉴는 제 라임오렌지나무예요. 저는 그가 굉장히 사랑스러울 때 슈르르까라고 불러요.”

“그러니까 넌 밍기뉴란 이름의 라임오렌지나무를 갖고 있다 이거군.”

“그는 꽤 괴짜예요. 나랑 애기도 하고, 말이 돼선 날 태우고 벅 존스나 톰 믹스, 프레드 톰슨하고 나란히 달리기도 해요. ‘당신’(처음으로 당신이라 부르려니 힘이 들었다)은 켄 마이나드를 좋아하세요?”

그는 카우보이 영화는 잘 모른다는 듯한 몸짓을 해 보였다.

"저번 날에 프레드 톰슨이 저에게 그를 소개시켜 주었어요. 난 그의 가죽모자가 아주 맘에 들어요. 하지만 그는 잘 웃지 않는 사람이에요."

"이제 그만해라. 네 애길 듣고 있으면 정신이 다 빠져버린 듯 멍해진단 말이야. 그런데 또 한 가지는 뭐지?"

"다른 한 가지는 더 어려운 일이에요. 제가 당신이라 불렀는데도 당신은 화내지 않으셨어요. 난 당신의 이름을 별로 안 좋아해요. 하지만 그건 별 문제가 아네요. 그냥 친구 이름으로는 좀 그렇다는 거죠."

"맙소사, 그래서?"

"제가 당신을 '발라다리스'라고 부른다면 어떻게 생각하시겠어요?"

그는 잠시 생각해 보더니 웃었다.

"사실 어감이 안 좋지."

"마누엘이란 이름도 별로예요. 우리 아빠가 포르투갈 사람의 흉내를 내면서 '마누엘, 그런 쌍놈을 친구로 삼나 두고 봐라' 하실 때 제가 얼마나 화가 났었는지 모르실 거예요."

"말 다했니?"

"아빠는 포르투갈 사람 흉내를 내신 것뿐이에요."

"그래도 하지마라. 듣고 싶지 않아."

"쌍놈이란 그렇게 흉한 거예요?"

"그래."

"그렇다면 그런 말 하지 말아야지. 됐죠?

"그래, 어디 한번 물어 보자. 그래서 넌 날 어떻게 부르고 싶다는 거지? '발라다리스'로 부르기도 싫고 '마누엘'은 더더욱 싫다니 ……."

“내 맘에 쏙 드는 이름이 하나 있어요.”

“그게 뭔데?”

나는 그때 세상에서 가장 송구스럽다는 표정을 지었다.

“라디스라우 아저씨나, 아니면 빵집에서 다른 어른들이 하듯 그렇게 부르고 싶어요.”

그는 화가 난 척 주먹을 불끈 쥐었다.

“이봐, 넌 이 세상에서 제일 간이 큰 녀석이다. 날 ‘뽀르뚜가’(포르투갈 사람의 속칭)라고 부르고 싶은 거지, 그렇지?”

“그래야 더욱 친해질 것 아네요.”

“그게 네가 바라던 전부냐? 그렇다면 그렇게 불러라. 자 이젠 그만 돌아가자, 됐지?”

그는 시동을 걸었고, 생각에 잠긴 채 차를 몰았다. 그러더니 창밖으로 고개를 내밀어 밖을 살펴보았다. 거리에는 아무도 없었다. 그는 차 문을 열고 말했다.

“내려라.”

나는 그의 말에 따라 차에서 내려 차 뒤로 돌아갔다. 그러자 그는 차 뒤에 달린 자동차 바퀴를 가리켰다.

“자, 꽉 매달려라. 조심해!”

나는 기쁨에 넘쳐 박쥐처럼 짝 매달렸다. 그는 차에 오르더니 천천히 차를 몰았다. 오 분쯤 지났을까. 그는 다시 차를 멈추고 내게로 왔다.

“기분 좋았니?”

“꿈 속 같았어요.”

“그럼 됐다. 어두워지기 시작하니 돌아가야지.”

밤은 고요히 시작되고 있었다. 여름이 깊어감을 알리듯 멀리 가시덤불 속에서 매미가 울고 있었다.

차는 부드럽게 미끄러져 나갔다.

"자, 그럼 앞으로 그 일에 대해서 일체 얘기 않기다. 알았지?"

"알았어요."

"난 그저 네가 집에 가서 식구들한테 어디에서 뭐하다 왔는지
나 잘 말했으면 좋겠다."

"벌써 생각해 두었어요. 오늘은 교리문답에 갔었다고 말할 거
예요. 오늘이 수요일이잖아요."

"아무도 널 못 당하겠구나. 넌 언제든 빠져나갈 구멍을 찾아내
거든."

나는 그의 곁에 바싹 다가앉아 그의 팔에 머리를 기대었다.

"뽀르뚜가!"

"음……?"

"전 절대로 당신 곁을 떠나고 싶지 않아요, 아시죠?"

"왜?"

"당신은 세상에서 가장 좋은 사람이니까요. 당신이랑 같이 있
으면 아무도 저를 괴롭히지 않아요. 그리고 제 가슴속에 행복의
태양이 빛나는 것 같아요."

잊을 수 없는 두 차례의 매맞기

“여길 이렇게 접어. 그리고 접은 자리를 칼로 잘 잘라.”
칼은 부드러운 소리를 내며 종이를 갈랐다.
“가장자리에 엷게 풀을 칠해. 이렇게.”
나는 또또까 형 곁에 앉아 풍선 만들기를 배우고 있었다. 풀을
다 붙인 뒤 또또까 형은 빨래집게로 풍선 주둥이를 집어 맸다.
“잘 마른 다음에 입을 만들어야 해. 알겠니, 바보야?”
“알았어.”
우리는 부엌 문지방에 앉아서 풍선이 마르기를 기다렸다. 풍선
은 좀처럼 마르지 않았다. 그러자 또또까 형은 마치 선생님이라
도 된 것처럼 이것저것 설명을 늘어놓았다.
“땅제르(지브롤터 해협에 가까운 아프리카 서북부의 항구)식 풍선은 여러 번
연습한 뒤에야 만들 수 있어. 처음 만드는 애들은 깃이 두 개 달

린 쉬운 것을 해야 돼."

"형, 나 혼자 풍선을 만들 테니까 입은 형이 만들어 줄래?"

"글쎄, 생각해 볼까?"

형은 흥정을 하고 싶은 눈치였다. 아마 내가 엄청나게 많이 모은 구슬이나 그림 딱지들을 탐내고 있는 것 같았다.

"너무해, 형. 형 대신에 싸움까지 했는데……."

"좋아, 한 번만 공짜로 해 주겠어. 내가 하는 걸 보고 배워. 다음부턴 안 해줄 거야."

"좋아."

그 순간 나는 잘 배워서 다음부턴 또또까 형이 내 풍선에 손도 못 대게 해야겠다고 결심했다.

나는 풍선 만들기 외에는 다른 생각을 할 수가 없었다. 꼭 '나의 풍선'을 만들어야지. 뽀르뚜가에게 이 얘기를 하면 그가 얼마나 기뻐할까. 내 손에서 흔들리는 풍선을 보면 슈르르까가 얼마나 놀라워할까.

나는 그런 생각에 푹 빠져 양쪽 주머니에 그림 딱지와 구슬을 가득 집어넣고 밖으로 나갔다. 은종이 두 장을 사야 했기 때문에 딱지와 구슬을 되도록 싼 값에 팔 작정이었다.

"야! 애들아, 구슬 사라. 일 또스땅에 구슬 다섯 개 줄게. 금방 산 것처럼 새 거야."

그러나 아무도 사려 하지 않았다.

"일 또스땅에 딱지 열 장 줄게. 로따 아줌마네 가게에서도 이렇게 싸게 살 수는 없어."

그래도 사는 아이가 없었다. 사실 돈을 갖고 있는 애가 아무도 없었던 것이다. 쁘로그레수 거리를 누비며 소리쳐 보고, 까빠네마 공작 거리를 종종거리며 다녀 보아도 헛수고였다. 그럼 진지나 할머니 댁에 가 볼까? 혹시나 하여 가 보았지만 할머니는 관

심조차 없었다.

"내겐 딱지나 구슬 따위는 필요없다. 네가 갖고 있는 게 더 좋아. 어차피 내일 다시 와 사 달라고 떼를 쓸 것이 아니냐?"

사실은 할머니도 돈이 없으셨던 것이다.

나는 다시 길거리로 나왔다. 내 두 다리는 먼지로 굉장히 더러워져 있었고 날은 벌써 저물기 시작했다. 바로 그때 기적이 일어났다.

"제제! 제제!"

비리끼뉴가 미친 듯이 나를 부르며 달려왔다.

"여기저기 널 찾아다녔어. 너 지금 뭘 팔고 있니?"

나는 주머니를 흔들어 구슬이 찰랑거리도록 했다.

"앉아 봐."

나는 땅바닥에 물건을 펼쳐 보였다.

"얼마니?"

"일 또스땅에 구슬 다섯 개, 딱지는 열 장."

"비싸다."

이 못된 도둑놈이 날 귀찮게 하는군. 너처럼 싸게만 사려는 녀석에겐 비쌀 테지. 나는 전부 도로 주머니에 집어넣으려 했다.

"잠깐만, 골라도 되니?"

"얼마나 있니?"

"삼백 레이스. 이백 레이스는 쓸 수 있어."

"좋아, 그럼 구슬 여섯 개와 딱지 열두 장 줄게."

나는 '재난과 기아' 상점으로 날 듯이 뛰어 들어갔다. 뽀르뚜가와의 일을 기억할 만한 사람은 없는 듯했다. 단지 오를란도 씨만이 계산대에서 주인과 잡담을 하고 있었다. 그 곳은 공장의 경적이 울려 사람들이 나와서 뭘 마실 때에만 겨우 꽉 찰 정도였고, 언제나 한산했다.

"은종이 있어요?"

"돈 갖고 왔니? 네 아버지 앞으론 더 이상 외상은 안된다."

나는 화도 내지 않고 은전 두 개를 내보였다.

"장미색과 호박색이 있다."

"그 색뿐이에요?"

"연날리는 시기라 애들이 몽땅 사갔단다. 하지만 뭐 다를 게 있니? 연이야 무슨 색이든 올라가잖아, 안 그래?"

"연을 만들 게 아니고 풍선을 만들 거예요. 제 첫 번째 풍선은 세상에서 제일 예뻐야 하거든요."

그러나 머뭇거릴 수가 없었다. '쉬코 프랑꼬' 잡화상까지 뛰어가자면 시간만 낭비할 것 같았다.

"그걸로 주세요."

모든 준비가 끝났다. 나는 탁자 앞에 의자를 끌어다 놓고 망을 보도록 루이스 왕을 올려놓았다.

"조용히 해야 해, 약속하지? 이 제제 형은 지금 아주 어려운 일을 하려 한단 말이야. 네가 크면 공짜로 가르쳐 줄게."

꽤 빨리 날이 어두워졌고, 공장의 경적 소리가 울렸다. 좀 서둘러야 할 것 같았다. 잔디라 누나는 벌써 식탁에 접시를 놓고 있었다. 누나는 어른들을 성가시게 하면 안된다며 항상 우리에게 먼저 저녁을 차려주었다.

"제제! 루이스!"

누나는 우리가 무룬드 거리에 나가 노는 것도 아닌데 크게 소리를 질렀다. 나는 루이스를 내려놓고 타일렀다.

"먼저 가 있어. 곧 갈게."

"제제 형, 빨리 와. 그렇지 않으면 또 때릴 거야."

“그래 곧 갈게.”

저 마녀가 기분이 나쁜가보군. 애인 녀석들 가운데 누구와 싸운 모양이야. 거리 끝에 사는 녀석, 아니면 첫 번째 거리에 사는 녀석이겠지.

풀이 마르기 시작하자, 마치 날 방해하는 것처럼 손가락에 풀이 들러붙어 만들기가 더 더디어졌다.

햇빛은 거의 스러져 가고 있었고, 누나의 부르는 소리가 점점 커졌다.

“제ー제! 제ー제!”

끝장이군. 이젠 죽었어. 누나는 약이 잔뜩 올라서 달려왔다.

“넌 내가 식모인 줄 아니? 빨리 와서 먹어.”

그러고는 방으로 들어와 내 귀를 잡고 식당까지 끌고 가서 식탁 앞으로 확 밀었다. 나는 기분이 상했다.

“안 먹어. 안 먹겠단 말이야. 난 풍선을 마저 만들 거야.”

나는 발딱 일어나 방으로 되돌아왔다. 누나는 맹수처럼 날뛰었다. 누나는 내게로 오는 대신 탁자 쪽으로 갔다. 그 순간 모든 것이 정말 한낮의 꿈이 되어 버리고 말았다. 누나는 내 풍선을 갈기갈기 찢고도 성에 안 차는지ー난 맥이 빠져 멍하니 서 있었다ー내 팔과 다리를 잡고 식당 가운데로 날 던졌다.

“말로 했을 때 좀 들어!”

그러자 악마가 다시 내 마음속에 되살아났다. 반항심이 태풍처럼 나를 뒤흔들었다. 나는 분이 나서 한바탕 해 버렸다.

“네가 뭔지 아니? 넌 술집여자야!”

누나는 내 얼굴에 자신의 얼굴을 바싹 갖다댔다. 눈이 이글이글 타오르고 있었다.

“용기가 있으면 다시 말해 봐!”

나는 음절을 끊어 가며 다시 말했다.

“술—집—여—자!”

그러자 누나는 옷장 위에 있는 가죽장갑을 집어 정신없이 날 때리기 시작했다. 나는 등을 돌려 손 사이에 얼굴을 파묻었다. 아픔보다는 분노심이 더 컸다.

“이 술집여자야! 천한 계집애!”

누나는 쉬지 않고 계속 때렸다. 내 몸은 불덩이처럼 활활 타올라 쓰라렸다. 바로 그때 또또까 형이 들어왔다. 형은 날 너무 때려 지치기 시작한 누나를 편들었다.

“죽여라, 살인자야! 날 죽이고 감옥에나 가 버려라!”

누나는 내가 무릎을 꿇고 거꾸로 쓰러질 때까지 마구 때렸다. 나는 장에 기댈 수밖에 없었다.

“술집여자! 천한 계집애!”

또또까 형은 날 일으켜 앞으로 돌려 세웠다.

“입 닥쳐, 제제! 너 누나에게 그런 욕을 할 수 있어?”

“누나는 천한 술집여자인데다 살인자라고! 나쁜 계집애!”

그러자 형은 얼굴, 코, 입 할 것 없이 마구 때리기 시작했다. 특히 입을 심하게 때렸다.

나를 구원해 준 사람은 소리를 듣고 달려온 글로리아 누나였다. 누나는 로제나 아줌마 댁에서 얘기를 하고 있다가 날 듯이 달려왔다. 그리고 마치 태풍처럼 방으로 뛰어들었다. 글로리아 누나는 피로 범벅된 내 얼굴을 보자 보통일이 아니라는 걸 알아차리고 또또까 형을 밀어젖혔다. 그리고 잔디라 누나가 우리 집의 맏딸이라는 것도 잊어버리고 잔디라 누나를 떼밀었다.

나는 바닥에 쓰러져 눈도 못 뜨고 겨우 숨만 헐떡이고 있었다. 글로리아 누나는 침실로 날 데려갔다. 난 울지 않았으나 루이스 왕이 놀란 나머지 안방에 숨어 엉엉 울고 있었다.

글로리아 누나는 전에 없이 굉장히 화를 냈다.

“언젠가 너희들이 이 애를 죽일 거야! 두고 봐! 인정머리없는 괴물들 같으니!”

누나는 날 침대에 눕히고 소금물이 담긴 대야를 가져왔다. 또또까 형이 눈치를 살피며 슬그머니 침실로 들어왔으나 누나는 형을 밖으로 떠밀었다.

“저리 나가 있어, 이 바보야!”

“누난 재가 욕하는 소릴 못 들어서 그래!”

“이 애는 아무 짓도 안 했어. 너희들이 먼저 싸움을 걸었을 거야. 내가 나갈 때만 해도 조용히 앉아서 풍선을 만들고 있었어. 인정머리 없는 것들. 어떻게 제 동생을 이토록 때릴 수가 있담?”

누나가 피를 닦아 줄 때 나는 부러진 이빨 한 개를 뱉었다. 그것이 기름에 불을 지른 격이 되었다.

“네가 무슨 짓을 했나 봐라, 이 겁쟁이 녀석아! 넌 싸움을 할 땐 무서워서 이 애를 불러냈지? 이 겁쟁이 녀석아, 아홉 살이나 먹어 가지고 여태 침대에 오줌이나 싸면서. 매일 아침 서랍 속에 숨겨 두는 오줌 싼 바지와 침대 시트를 사람들에게 보여줄까?”

누나는 또또까 형을 방 밖으로 쫓아내고 문을 잠가 버렸다. 방 안이 깜깜해져서 등불을 켰다. 그리고 내 셔츠를 벗겨 때 묻은 곳과 찢어진 상처를 닦아 주었다.

“아프지, 아가?”

“굉장히 아파.”

“내가 잘 문질러 줄게, 우리 심술궂은 장난꾸러기야. 마를 때까지 잠깐 엎드려 있어. 그렇지 않으면 옷이 달라붙어 더 아플거야.”

그러나 가장 아픈 곳은 얼굴이었다. 상처 때문에 아프기도 했지만 이유 없이 얻어맞은 게 분해서 참을 수가 없었다.

마음이 차분해지자, 누나는 내 옆에 누워 머리를 쓰다듬어 주었다.

"누나도 알 거야. 난 아무 짓도 하지 않았어. 내가 맞을 짓을
했다면 상관없어. 하지만 난 아무 짓도 안 했단 말이야."

누나는 마른침을 삼켰다.

"내 풍선이 망가진 게 가장 슬퍼. 얼마나 예쁘게 되어 가고 있
었다고. 루이스에게 물어 보면 알 거야."

"나도 알 것 같아. 아주 예뻤을 거야. 하지만 걱정 마. 내일
진지냐 할머니 댁으로 가서 다시 종이를 사자. 세상에서 가장 멋
진 풍선이 되도록 내가 도와줄게. 너무 멋져서 별들도 샘내게 될
거야."

"소용없어, 고도이아 누나. 첫 번째 풍선만이 가장 아름다운
거야. 첫 풍선이 소용없게 되면 더 이상 만들고 싶은 마음이 없어
지는 거야."

"언젠가…… 언젠가는…… 꼭 내가 이 집에서 멀리 떨어진 곳
으로 널 데리고 갈게. 우리 거기서 함께 살자, 응?"

누나는 말을 잇지 못했다. 틀림없이 진지냐 할머니 댁을 생각
하고 있을 거야. 하지만 거기도 지옥같이 될 건 마찬가질 텐데
뭘. 내 라임오렌지나무와 환상의 세계에 누나가 직접 끼게 된 것
은 바로 그때였다.

"난 널 톰 믹스나 벅 존스가 있는 목장으로 데리고 갈 테야."

"하지만 난 프레드 톰슨을 더 좋아해."

"그럼 그 곳에 데려갈게."

우리는 서글픈 마음에 나지막이 흐느끼기 시작했다.

보고 싶은 마음은 간절했지만 이틀 동안 난 뽀르뚜가에게 가지
않았다. 식구들은 학교에도 가지 못하게 했다. 매를 맞아 엉망이
된 내 몰골을 사람들에게 보이고 싶지 않았기 때문이다. 나는 얼
굴의 부기가 빠지고 상처가 낫게 돼야 예전처럼 행동할 수 있을

것 같았다. 나는 동생과 밍기뉴 곁에 앉아 시간을 보냈다. 애기할 기분이 안 났다. 모든 게 두려웠다. 아버지는 누나에게 또 그런 소리를 하면 가만두지 않겠다고 윽박지르셨다. 숨쉬기조차 두려웠다. 차라리 내 라임오렌지나무 그늘 속에 앉아 있는 게 속 편했다. 거기서 나는 뽀르뚜가가 사 준 딱지를 들여다 보기도 하고, 루이스 왕에게 구슬치기를 가르쳐 주기도 했다. 동생도 언젠가는 딱지와 구슬을 잘 다룰 수 있게 되겠지.

그런 와중에도 나는 뽀르뚜가가 굉장히 보고 싶었다. 뽀르뚜가는 분명 내가 나타나지 않는 걸 이상하게 여기겠지. 그가 만약 내가 살고 있는 곳을 안다면 날 찾아오려고 할 텐데. 묵직하면서도 상냥하게 '너'라고 부르는 그의 목소리가 내 귓가어 들려오는 듯했다. 세실리아 빠임 선생님은 상대편에게 '너'라고 할 때는 문법을 잘 알아야 한다고 하셨다. 그의 갈색빛으로 그을린 얼굴, 깨끗하고 나무랄 데 없는 그의 옷, 방금 서랍에서 꺼낸 것처럼 빳빳한 셔츠 칼라와 체크무늬의 조끼, 심지어 배의 닻을 본뜬 그물 모양의 카우스 보턴까지 그리웠다.

뭘, 곧 낫겠지. '결혼하면 병이 낫는다'는 속담이 있지만 어린 애들의 상처는 그보다 더 빨리 낫는다잖아.

그날 밤 아버지는 외출하지 않으셨다. 집에는 자고 있는 루이스 외에는 아무도 없었다. 엄마는 지금쯤 시내에서 돌아오고 계시겠지. 엄마는 영국인 방직공장에서 밤일을 하셨기 때문에 우리와는 겨우 일요일에나 얼굴을 마주할 뿐이었다.

나는 아버지 곁에 있기로 했다. 왜냐하면 장난을 치지 않기로 결심했기 때문이다. 아버지는 흔들의자에 앉아 멍하니 벽만 바라보고 계셨다. 얼굴은 면도를 하지 않아 항상 수염이 덥수룩했다. 옷도 늘 깨끗하지 못했다. 돈이 없어 카드놀이도 못하시는 것 같았다. 불쌍한 아버지! 엄마가 집안을 돕기 위해 일하러 다닌다는

것에 얼마나 마음이 서글프실까. 랄라 누나도 공장에 들어가야
했으니. 일자리를 얻기도 힘드실 거야. 게다가 "좀더 젊은 사람
이 필요합니다"라는 대답을 듣고는 실망에 차 돌아오셨겠지.
　나는 문지방에 앉아 벽을 기어오르는 하얀 벌레를 헤아리며 가
끔 아버지를 바라보았다. 아버지의 얼굴은 크리스마스 때처럼 슬
퍼 보였다. 내가 아버지를 위해 할 수 있는 일이 없을까? 노래를
불러 드리면 어떨까? 내가 아주 낮은 목소리로 노랠 불러 드리면
아빠의 근심이 조금은 사라질 거야. 나는 머릿속에 곡목을 떠올
려 보았다. 그리고 가장 최근에 아리오발도 아저씨에게서 배운
노래를 기억해 냈다. 그것은 탱고로, 내가 들었던 아름다운 노래
들 가운데 하나였다. 나는 나지막이 노래 부르기 시작했다.

　　나는 발가벗은 여자가 좋아.
　　발가벗은 여자가 좋아.
　　밝은 달빛 아래서
　　발가벗은 여자가 좋아.

"제제!"
"네, 아버지."
　나는 긴장하며 일어났다. 아버진 분명히 이 노래가 좋으신 거
야. 나에게 가까이 와서 불러 보라고 하실 거야.
"무슨 노래를 부르고 있는 거냐?"
　나는 다시 불렀다.

　　나는 발가벗은 여자가 좋아.

"누가 그런 노랠 가르쳐 줬지?"

아버지의 눈은 불꽃이 튕겨나올 듯 핏발이 서 있었다.

"아리오발도 아저씨요."

"그 사람하고 같이 다니지 말라고 했지?"

아버지가 그런 말을 하셨었나? 기억이 나지 않았다. 나는 아버지가 내가 가수 보조자로 일하고 있는 사실조차 모르시는 줄 알았다.

"어디 다시 불러 봐라."

"요새 유행하는 탱고예요."

나는 발가벗은 여자가 좋아…….

아버지는 내 뺨을 찰싹 때리셨다.

"어디 다시 불러봐."

나는 발가벗은 여자가 좋아.

아버지가 다시 때리셨다. 아니, 계속해서 때리셨다. 그러자 울고 싶지도 않은데 눈에서 눈물이 흘러내렸다.

"어디 계속해 봐!"

나는 발가벗은 여자가 좋아……

내 얼굴은 거의 건드릴 수 없을 정도로 얼얼해졌다. 뺨을 맞을 때마다 그 충격으로 나는 눈을 떴다 감았다 해야만 했다. 난 계속 노래를 불러야 하는 건지 그만두어야 하는 건지 판단할 수가 없었다. 그러나 아픔 속에서도 한 가지 결심을 했다. 이것이 내가 맞는 마지막 매가 될 수 있게 맞고 죽어야겠다는 결심이었다.

아버지가 매를 잠깐 멈추고 노래를 더 불러보라고 윽박지르셨지만 난 부르지 않았다. 그 대신 경멸이 가득 담긴 목소리로 외쳤다.

"살인자! 날 단번에 죽여라. 날 죽이고 감옥에나 가 버려라!"

아버지는 굉장히 화가 나서 흔들의자에서 벌떡 일어나셨다. 그리고 허리띠를 푸르셨다. 그것은 두 개의 쇠고리가 달린 허리띠였다. 아버지는 정신없이 욕을 하셨다. 못된 놈, 감히 아버지한테 그따위 말을 해? 쓰레기 같은 건달 자식!

허리띠가 내 몸에서 윙윙거렸다. 얼마나 세게 여기저기 때리는지 마치 천 개의 손가락이 몸 위를 왔다 갔다 하는 것 같았다. 나는 벽 한 모퉁이에 움츠리며 쓰러졌다. 나는 아버지가 지금 날 죽이려 한다고 생각했다. 나를 구하러 들어온 글로리아 누나의 음성이 가물거리며 들려왔다. 글로리아 누나는 나처럼 러시아 고양이의 털 같은 머리카락을 가진 착한 소녀였다. 글로리아 누나의 말은 아무도 거역하지 못했다. 누나는 아버지의 손을 꽉 잡고 때리지 못하도록 말렸다.

"아버지! 아버지! 제발 절 때리시고 이 애는 더 이상 때리지 마세요!"

아버지는 식탁 위에 허리띠를 던지셨다. 그리고 손으로 얼굴을 쓸어올리셨다. 마침내는 울음을 터뜨리셨다.

"내가 정신이 나갔지. 난 저 애가 날 놀리는 줄 알았다. 그래서 일이 이렇게 됐구나."

글로리아 누나가 나를 들어올렸을 때 나는 기절하고 말았다.

정신을 다시 차렸을 때는 열이 올라 온몸이 쿡쿡 쑤셨다. 엄마와 글로리아 누나가 내 머리맡에 앉아 다정하게 말을 붙였다. 거실에서 사람들이 왔다 갔다 하는 소리가 들려왔다. 진지나 할머니까지 오신 것 같았다. 이런 일들이 나를 더욱 마음 아프게 했

다. 의사를 불렀었다는 사실도 나는 뒤에 알았다. 그래도 몸은 더 좋아지지 않았다.

글로리아 누나는 수프를 만들어 갖고 와 내게 먹이려 애를 썼다. 그러나 먹으면 먹을수록 숨을 쉴 수가 없었다. 지독한 졸음이 쏟아졌고, 잠이 깨면 조금 덜 아픈 것 같기도 했다. 글로리아 누나와 엄마는 계속 나를 돌봐주었다. 엄마는 내 곁에서 밤을 지새우셨고 새벽녘이 되어서야 일하러 갈 준비를 하느라 일어나셨다. 엄마가 작별인사를 하러 오셨을 때 나는 엄마의 목을 꼭 껴안았다.

"별일 없을 게다, 아가. 내일이면 다 나을 거야."

"엄마!"

나는 태어나 가장 슬픈 일을 당한 듯이 낮은 목소리로 속삭였다.

"엄마, 난 태어날 필요가 없었던가 봐요. 내 풍선처럼 됐어야만 했어요."

엄마는 쓸쓸히 내 머리를 쓰다듬어 주셨다.

"누구나 태어나는 건 운명이란다. 너도 역시 그래. 단지 넌 가끔 지나치게 장난이 심할 뿐이야."

엉뚱하고도 즐거운 부탁

　나는 일주일이 지나서야 완전히 나았다. 이제는 매맞아 아플 걱정은 하지 않아도 되었다. 우리 집 식구들은 믿을 수 없을 정도로 내게 잘 대해 주었다. 그러나 나는 늘 뭔가 텅 빈 느낌이었다. 예전의 나로 되돌아가게 해 줄, 사람을 믿고 그들의 선의를 받아들이게 하는 무언가가 떠난 것 같았다. 나는 늘 밍기뉴 곁에 멍하니 앉아 있었다. 그와 말을 주고받는 것조차 싫었다. 기껏해야 그의 곁에 앉아 동생과 노는 게 고작이었다. 나는 루이스가 좋아하고 아끼는 단추들을 온종일 올렸다 내렸다 하면서 '빵 데 아쑤까르' 산의 케이블카 놀이를 하며 지냈다. 나는 루이스를 무척 다정하게 대해 주었다. 왜냐하면 나도 어렸을 때 이런 놀이를 좋아했었기 때문이다.

　글로리아 누나는 내가 좀처럼 말하지 않는 것을 걱정했다. 그래서 내게 딱지 뭉치도 갖다 주고 구슬 주머니도 갖다 주었다. 그러나 난 손도 대지 않았다. 영화구경도, 구두닦기도 시들하게 느껴졌다. 내 가슴 속에 슬픔이 커가는 걸 막을 도리가 없었다. 이토록 작은 나를 그렇게 이유 없이 두들겨 패다니…….

글로리아 누나는 내 환상의 세계를 다시 불러일으키려 이것저것 물어 오기도 했다.

"그런 것들은 이제 없어. 모두 멀리 가 버렸어."

누나는 때때로 프레드 톰슨과 그 친구들 얘기도 꺼냈다. 그러나 그녀는 내 마음속에 일어난 변화를 모르고 있었다.

누나는 내가 결심한 바를 모르고 있었다. 이제는 영화가 바뀌어야 하는 것이다. 카우보이 영화도 인디언 영화도 이젠 필요 없었다. 이제부터는 어른들이 말하는 애정영화를 봐야 하는 것이다. 입 맞추는 장면과 포옹하는 장면이 많은, 누구나 좋아하는 그런 영화를 봐야 하는 것이다. 매만 맞고 사는 나 같은 인간에게도 다른 사람들이 사랑하는 것을 보아둘 필요가 있는 것이다.

드디어 학교에 갈 수 있는 날이 되었다. 그러나 나는 학교에 가지 않았다. 뽀르뚜가가 일주일 동안이나 '우리' 차를 타고 와 나를 기다렸다는 걸 알고 있었다. 그리고 내가 기다려 달라고 하면 언제까지나 나를 기다려 줄 거라는 것도 알고 있었다. 내가 나타나지 않아 걱정했을 게 틀림없다. 그러나 내가 아프다는 것을 알았어도 찾아오지는 않았을 것이다. 이미 죽을 때까지 비밀을 지킬 것을 맹세했기 때문이다. 우리의 우정은 하느님 외에는 아무도 알아선 안 된다는 비밀을.

역 맞은편 빵집 가까이 가니 그의 멋진 차가 세워져 있었다. 그때서야 겨우 내 마음속에 한 줄기 행복의 빛이 비쳤다. 나는 그리움으로 두근거리는 가슴을 안고 앞으로 걸어갔다. 이제 진정한 친구를 만나는 것이다.

바로 그때 역 입구 쪽에서 커다란 기적 소리가 울려와 나를 깜짝 놀라게 했다. 이 기찻길의 주인격인 난폭하고도 거만한 망가라치바 기차였다. 기차는 온몸을 멋지게 흔들어 보이며 날 듯이 지나갔다. 사람들이 창문으로 밖을 내다보고 있었다.

모두 여행을 즐기고 있었다. 어렸을 적엔 이 망가라치바를 구경하는 게 얼마나 재미있었던가? 차가 선로 끝으로 사라지고 난 뒤에도 계속 손을 흔들어 댔었지. 이제 그런 짓을 할 나이의 아이는 루이스뿐이었다.

나는 빵집 탁자들 사이에서 그를 찾아냈다. 그는 사람들이 꼭차도 쉽게 찾을 수 있도록 마지막 탁자에 앉아 있었다. 멋진 체크무늬 조끼도 안 입고, 깨끗한 셔츠의 소맷자락도 잠그지 않은 채 등을 보이고 앉아 있었다.

약간 현기증이 나는 걸 느끼며 나는 그의 등 뒤로 다가갔다. 빵집 주인 라디스라우 아저씨가 미소지으며 그에게 말했다.

"뒤를 봐, 뽀르뚜가. 누가 와 있는지 아나?"

그가 천천히 돌아섰을 때 나는 그의 얼굴이 기쁨으로 활짝 개는 걸 분명히 볼 수 있었다. 그는 팔을 벌려 아주 오랫동안 나를 안아 주었다.

"그래, 오늘은 꼭 네가 올 거라고 믿었다."

그러고는 한동안 나를 들여다보았다.

"이 도망자야, 어딜 그렇게 오랫동안 가 있었지?"

"굉장히 아팠어요."

그는 의자를 끌어당겼다.

"앉아라."

그리고 웨이터를 불러 내가 좋아하는 것을 주문했다. 하지만 주스와 케이크가 나왔을 때도 난 먹지 않았다. 나는 손으로 턱을 괴고 조용히 앉아 있기만 했다. 그는 내가 풀이 죽어 있다는 걸

금세 알아챘다.

"먹기 싫으니?"

대답을 안 하자 뽀르뚜가는 내 얼굴을 들어올렸다. 입술을 꽉 물었으나 내 눈에는 눈물이 가득 고여 있었다.

"음, 이것 봐라. 무슨 일이지, 꼬마 친구? 친구에게 속 시원히 얘기해 봐."

"못 하겠어요. 여기선 못 하겠어요."

라디스라우 아저씨는 알 수 없다는 듯 머리를 저었다. 나는 딱 한 가지만 말하기로 결심했다.

"뽀르뚜가, 아직도 저 차가 '우리' 차인 게 틀림없나요?"

"그래, 의심할 게 뭐 있니?"

"그럼 지금 저하고 드라이브하러 가실 수 있어요?"

내 간청을 듣고 그는 깜짝 놀랐다.

"네가 가고 싶다면 가도록 하자."

그는 눈에 눈물이 가득 고인 나의 팔을 잡고 자동차로 데려가 열려 있는 차 속에 나를 앉혔다. 그리고 빵집에 돈을 치르러 돌아 갔다. 나는 그가 라디스라우 아저씨와 다른 사람들과 주고받는 얘기를 들을 수 있었다.

"저 애 집에선 아무도 저 애를 이해해 주는 사람이 없어. 난 저렇게 똑똑한 애는 처음 봤거든."

"솔직히 말해 봐, 뽀르뚜가. 자넨 저런 말썽꾸러기 녀석을 정 말 좋아한단 말인가?"

"자네가 알고 있는 건 저 애의 극히 일부에 지나지 않아. 아주 영리하고 깜찍한 녀석이야."

그는 차로 돌아와서 자리에 앉았다.

"어디로 갈까?"

"아무 곳으로나요. 무룬두 거리도 좋고요. 거긴 가까우니까 휘발유도 적게 들 거예요."

그는 빙그레 웃었다.

"그건 어른들이나 하는 걱정이란다."

우리 집은 너무 가난했기 때문에 뭐든지 절약하는 법을 어릴 때부터 배웠다. 돈이 많이 들면 너무 힘이 들기 때문이다.

드라이브를 하는 동안, 그는 내게 아무 말도 걸지 않았다. 좀 마음이 가라앉도록 놔두는 것 같았다. 거리의 모든 것들이 스쳐 지나갔고, 놀랍게도 초록빛으로 우거진 풀밭 사잇길로 들어서자 그는 차를 세웠다. 그리고 늘 그렇듯 빙그레 웃어 보였다. 항상 애정을 그리워하는 내 마음을 그는 그렇게 가득 채워 주었다.

"뽀르뚜가, 제 얼굴을 자세히 봐 주세요. 아니 얼굴말고 입술이요. 우리 집에선 제가 사람이 아니라 삐나제 인디언인데다 짐승이고, 악마의 새끼라 입이 아니라 주둥이를 가졌대요."

"그렇지 않아. 넌 무척 귀엽고 예쁜 아이란다."

"가족들은 그렇게 생각하지 않아요. 제 얼굴을 잘 보세요. 매를 맞아 아직도 부어 있어요."

뽀르뚜가의 눈은 놀람과 가여움에 겨워 휘둥그레졌다.

"왜 이토록 맞았지?"

난 모든 일을 사실대로 얘기했다. 내가 얘기를 끝냈을 때 그는 눈에 눈물이 가득 고인 채 가슴아파했다.

"하지만 이렇게 작은 애에게 그토록 모진 매질을 하다니? 아직 여섯 살도 채 안 된 아이에게. 오, 맙소사!"

"왜인지 난 알아요. 난 쓸모가 없는 애라서 그래요. 크리스마스에도 착한 아기 예수가 못 되고, 못된 악마처럼 굴었다니까요."

"바보 같은 소리. 넌 아직 천사 같은 꼬마야. 장난이 짓궂기는 하지만……."

그러나 난 그 생각을 떨쳐버릴 수가 없어 몹시 괴로웠다.

“난 태어나지 말았어야 했어요. 저번에 그렇게 엄마께 말씀드렸어요.”

그는 처음으로 말을 더듬었다.

“그런 말을 해서는 안 돼.”

“당신과 꼭 얘기를 나누고 싶어서 드라이브하자고 했어요. 저도 제가 나쁘다는 걸 잘 알아요. 아버지는 나이가 많으셔서 일자리를 얻지 못하시는 거예요. 아버지가 얼마나 괴로워하시는지도 알고 있어요. 엄마는 새벽부터 영국인 방직공장에 나가세요. 집안에 보탬이 되려고 그러시죠. 실타래를 메고 다녀서 어깨가 곪기도 하셨어요. 그래서 붕대를 감고 다니세요. 랄라 누나는 공부도 많이 했는데 요즘은 공장에 다녀요. 이런 일들을 생각할 때마다 아버진 가슴이 아프실 거예요. 그래도 그렇게 심하게 때리시다니. 지난번 크리스마스 때 아버지께 날 맘껏 때리셔도 좋다고 했었지만, 이번엔 너무하셨어요.”

그는 깜짝 놀라며 나를 똑바로 쳐다보았다.

“맙소사! 어떻게 너 같은 어린애가 어른들의 고통을 그렇게 잘 이해할 수 있단 말이냐. 너 같은 꼬마는 처음 봤다.”

그는 약간 울먹였다.

“우린 친구 사이다, 그렇지? 그러니 사나이 대 사나이로서 애기해 보자. 너와 얘길 하고 있으면 어떤 때는 두렵기조차하다. 하지만 잘해 보자. 아무튼 넌 누나에게 그런 욕까진 할 필요가 없었다고 생각한다. 이제부터 절대 욕을 하지 말아라, 알겠니?”

“하지만 전 이렇게 어리잖아요. 말로라야 겨우 복수할 수 있거든요.”

“네가 한 욕이 무슨 뜻인지나 알겠니?”

나는 고개를 끄덕였다.

“그렇담 더욱 더 그렇게 할 수 없고, 그래선 안 되지.”

우리는 잠시 입을 다물었다.

"뽀르뚜가!"

"응?"

"당신은 제가 욕하는 게 싫으세요?"

"덮어놓고 하는 건 싫다."

"그렇다면, 제가 죽지 않는 한 욕을 않겠다고 맹세하겠어요."

"좋아. 그런데 죽는다니 무슨 소리지?"

"조금 뒤에 얘기할게요."

우리는 다시 입을 다물었다. 뽀르뚜가는 걱정에 잠겨 있었다.

"내가 이미 널 믿고 있다는 걸 넌 명심해야 해. 그래, 노래 얘기는 뭐지? 탱고라고 했던가? 넌 네가 어떤 노래를 부르고 있다는 것 정도는 알고 있었겠지?"

"당신에겐 거짓말하고 싶지 않아요. 정확히는 몰랐어요. 전 뭐든지 들으면 외우거든요. 노래가 얼마나 아름다웠다고요. 내용은 생각조차 안 해 봤어요. 그런데 절 마구 때리시잖아요. 뽀르뚜가, 걱정 마세요……."

나는 엉엉 소리 내어 울었다.

"걱정 마세요. 아버지를 죽여 버릴 테니까요."

"그게 무슨 소리냐, 아버지를 죽이겠다고?"

"그래요. 전 이미 시작했는걸요. 죽인다고 꼭 벅 존스의 권총을 빌려 빵 쏘아 죽이는 게 아녜요. 그게 아니란 말예요. 제 생각 속에서 죽이는 거예요. 사랑하기를 그만두는 거죠. 그러면 언젠가 완전히 죽게 되는 거예요."

"넌 굉장한 상상력을 갖고 있구나."

말은 그렇게 했으나, 그는 내내 안쓰러워하는 듯 보였다.

"하지만 넌 나도 죽이겠다고 하지 않았니?"

"처음엔 그러고 싶었죠. 하지만 맘이 바뀌었어요. 그래서 내 마음속에 내가 좋아하는 당신이 다시 태어나도록 해서 내가 미워하던 당신을 죽인 거예요. 당신은 내가 제일 좋아하는 사람이에요. 뽀르뚜가, 당신은 저의 유일한 친구예요. 제게 딱지나 주스나 사탕이나 구슬 같은 것을 사주셔서 그런 게 아네요. 거짓말이 아니라고 맹세할 수 있어요."

"모두가 널 사랑할 거야. 네 엄마와 아버지, 글로리아 누나와 루이스 왕도. 혹시 네 라임오렌지나무를 잊은 건 아니겠지? 밍기뉴라고 했지? 그리고 또 뭐더라?"

"슈르르까요."

"응, 그래."

"지금은 달라요, 뽀르뚜가. 슈르르까는 단지 꽃 한 송이 피울 줄 모르는 단순한 오렌지나무예요. 그게 사실이에요. 하지만 당신은 안 그래요. 당신은 제 친구고, 그래서 전 얼마 안 가 당신 혼자만의 차가 될 우리 차로 드라이브하러 가자고 한 거예요. 전 당신께 작별인사를 하러 온 거예요."

"작별이라고?"

"정말이에요. 당신이 보다시피 난 아무짝에도 쓸모 없는 아이잖아요. 게다가 나도 매 맞고 구박받는 데 지쳐 버렸어요. 더 이상 주둥이란 소리도 듣고 싶지 않아요."

목이 메었으나 마저 다 얘기해 버리리라고 다짐했다.

"그래서 도망치려고?"

"아뇨. 이번 주 내내 생각했어요. 오늘 밤 망가라치바에 뛰어들려고 해요."

그는 말없이 나를 품 안에 꽉 껴안았다. 그리고 그만이 할 수 있는 위로의 말을 해 주었다.

"그러지 마. 제발 그렇게 하지 마. 넌 앞으로 얼마든지 멋지게 살 수 있어. 요 작은 머릿속에 그런 생각이 들어 있다니. 그런 말은 죄가 되니 꺼내지도 마라. 난 네가 그런 맘을 먹는 게 싫다. 그럼 난 어떡하니? 넌 날 사랑하지 않는 것 같구나. 만약 네가 정말 나를 사랑한다면 더 이상 그런 얘기는 꺼내지도 마라.”

그는 내게서 조금 떨어져 내 눈을 들여다보았다. 그리고 손등으로 내 눈물을 닦아 주었다.

“난 널 무척 사랑한다, 꼬마야. 네가 생각하는 것보다 훨씬 더. 그러니 자, 이젠 웃어 봐야지.”

나는 마음이 조금 누그러져 겨우 웃어 보였다.

“곧 다 잊게 될 게야. 넌 연날리기 챔피언도 되고, 구슬치기 왕도 될 게야. 게다가 벅 존스처럼 훌륭한 카우보이도 될 게다. 참, 내게 한 가지 좋은 생각이 있다. 궁금하지 않니?”

“궁금해요.”

“사실은 토요일에 인깐따도에 사는 딸을 보러 갈 참이었다. 그런데 못갈 것 같아. 그 애가 빠께따 섬에 놀러 가서 며칠 뒤에 온다는구나. 그래서 날씨가 좋으면 낚시를 하러 관두에 갈 생각이다. 그런데 같이 갈만한 친구가 너밖에 없구나.”

나는 정신이 번쩍 들었다.

“절 데리고 가 주시겠어요?”

“그래, 너만 좋다면. 억지로 가자는 건 아니야.”

나는 대답 대신 면도한 그의 얼굴에 내 볼을 비벼댔다. 그리고 목을 꼭 끌어안았다. 그와 함께 웃다 보니 모든 슬픔이 사라진 듯했다.

“아름다운 장소가 한 군데 있다. 점심을 싸가지고 가자꾸나. 넌 뭘 가장 좋아하지?”

“당신요, 뽀르뚜가.”

“난 소시지, 계란, 바나나 같은 먹을 걸 말하는거야.”

“전 다 좋아해요. 우리 집에선 가려 먹으면 안 돼요.”

“그렇다면 같이 가도록 하자.”

“너무 기뻐서 잠도 못 잘 것 같아요.”

그러나 기쁘기도 했지만 한편으로는 걱정이 됐다. 집에는 어디에 간다고 말하지 ?

“하루 종일 나가 있을 텐데, 집에서 아무 말씀 안 하실까?”

“뭐든지 구실을 만들어 내겠어요.”

“나중에 매맞지 않겠니?”

“이 달 말까지는 아무도 날 때리지 못해요. 모두들 글로리아 누나하고 약속했거든요. 글로리아 누나는 아주 무서워요. 식구 중에 누나만이 저와 닮은 유일한 러시아 암코양이예요.”

“정말?”

“네, 정말이에요. 때린다 해도 제가 다 나은 한 달 뒤에나 때릴 수 있어요.”

그는 시동을 걸어 차를 돌렸다.

“그 일은 이제 애기조차 하기 싫으니, 더 이상 말 꺼내지도 말자.”

“그 일이라뇨?”

“망가라치바 애기.”

“그건 일단 뒤로 미룰게요.”

“정말 다행이구나.”

그 뒤에 나는 라디스라우 아저씨를 통해 알았다. 내가 죽지 않겠다고 약속했음에도 불구하고, 뽀르뚜가는 그날 망가라치바가 기차역을 지나가는 것을 확인하고 나서야 집으로 돌아갔다고 한다. 그것도 아주 깊은 밤에.

우리는 아름다운 길을 따라 달렸다. 포장도 안 되고 인도도 없는 좁은 길이었으나, 꽃들과 나무들로 둘러싸여 아름다웠다. 하

늘은 더할 나위 없이 푸르고 맑았다. 진지나 할머니께서 언젠가 이렇게 말씀하신 적이 있었다. '기쁨이란 마음속에 빛나는 태양'이라고. 그리고 그 태양이 모든 행복을 비쳐 주는 거라고. 그 말이 사실이라면, 지금 내 마음속의 태양이 모든 것을 아름답게 비쳐 주고 있을지도 모른다.

차가 천천히 달리는 동안, 우리는 이 얘기 저 얘기를 주고받았다. 자동차마저도 귀 기울이고 있는 듯했다.

"넌 나하고 있을 때는 참 착하고 상냥하단 말이야. 네 선생님하고 있을 때도. 선생님 이름이 뭐라고 했더라?"

"세실리아 빠임 선생님이요. 선생님 한쪽 눈가에 점이 나 있는 걸 아시죠?"

그는 살며시 웃었다.

"글쎄, 네 말로는 선생님이 학교 밖에서의 너의 나쁜 짓을 믿지 않는다고 했지? 네 동생이나 글로리아와 있을 때도 넌 아주 착한 애야. 그런데 다른 곳에선 왜 그렇게 달라지지?”

“저도 잘 모르겠어요. 집에선 제가 아무리 좋은 일을 해도 나쁜 일이 되어 버려요. 동네 사람들도 제가 나쁜 짓한 것만 알고 있어요. 악마가 내 마음속에 바람을 불어넣나 봐요. 그렇지 않으면, 왜 제가 에드먼드 아저씨께 그 따위 철없는 짓을 했겠어요. 에드먼드 아저씨께 했던 일 알고 계세요? 제가 말씀드리지 않았을 텐데, 말씀드린 적이 있었나요?”

“없었다.”

“아마 여섯 달 전이었나 봐요. 아저씬 북부 지방에서 만든 그물침대를 하나 선물 받으셨어요. 그런데 제가 다가가면 화를 내시면서 손도 못 대게 하시잖아요. 그 위에 올라가 놀지도 못하게 하고, 내 원 참 더러워서…….”

“뭐라고?”

“아, 아녜요. 아저씬 자고 일어나면 얄밉게도 그물을 걷어 팔장 밑에 끼고 가 버리는 거예요. 우리가 한 올이라도 떼어 갈 것 같이 그러시잖아요. 그런데 어느 날 제가 할머니 댁에 갔었어요. 마침 할머니는 절 못 보셨어요. 안경을 콧등 위에 올려놓으시고 신문 광고를 읽고 계시리라 생각했죠. 그래서 뒤뜰로 가보았어요. 고이아바나무엔 열매가 하나도 열리지 않았더군요. 아저씨는 오렌지나무와 울타리 사이에 그물침대를 붙들어 매고 코를 골며 주무시고 계셨어요. 입을 반쯤 벌린 채 돼지처럼 코를 골았어요. 신문이 땅에 떨어져 있더군요. 악마가 절 충동질했어요. 아저씨 주머니에 성냥갑이 들어 있는 게 보였어요. 그래서 저는 소리 없이 신문을 찢어선 조각들을 주워 모아 심지를 만들어 불을 붙였어요. 밑바닥에서 불꽃이 올라왔을 때…….”

나는 얘기를 멈추고 진지하게 물었다.

“뽀르뚜가, 볼기짝이란 말, 해도 돼요?”

"글쎄다. 그것도 거의 욕에 가까우니 자주 하면 안 된다."

"볼기짝이라고 말하고 싶을 땐 어떻게 하죠?"

"둔부라고 해라."

"뭐라고 그러셨어요? 꽤 어려운 말 같은데요? 외어 두어야겠어요."

"둔―부."

"알았어요. 아저씨 둔부 아래서 불이 붙기 시작했을 때, 전 달려가 문 뒤에 숨어 울타리를 통해 어떻게 될까 바라보고 있었어요. 곧 고함소리가 들리고 아저씨는 껑충 뛰어올라 침대를 들어올리고 야단이 났죠. 진지냐 할머니가 달려오셔서 아저씨께 호통을 치셨어요. '담배를 문 채 자지 말라고 얼마나 그랬니. 이젠 그런 소리하기도 지쳤다.' 그러시고는 신문이 타는 걸 보시더니 아직 읽지도 못한 신문이라고 화를 내셨어요."

뽀르뚜가는 재미있다는 듯이 껄껄 웃었다. 그가 웃는 걸 보니 나도 흐뭇했다.

"들키지 않았니?"

"안 들켰어요. 슈르르까에게만 얘기한걸요. 만일 들켰더라면 제 불알을 쓱싹해 버렸을 거예요."

"뭘 쓱싹해 버린다고?"

"제 불알을 잘랐을 거라고요."

그는 다시 한바탕 웃어댔다. 우리는 거리를 내다보았다. 차가 지나온 길에서 노란 먼지가 일고 있었다. 나는 한 가지 석연치 않은 게 있었다.

"뽀르뚜가, 당신은 제게 거짓말을 안 하시겠죠, 네?"

"왜 그러니, 요 꼬마야?"

"전 아직 이런 말을 들어 본 적이 없어요. 둔부를 찬다는 말이요. 당신은 들어보셨어요?"

그는 큰 소리로 웃음을 터뜨렸다.

“굉장한 녀석이군. 나도 들어본 적은 없다. 둔부란 말은 잊어 버려라. 대신 엉덩이란 말을 쓰려므나. 이젠 이런 얘기는 그만두자. 이러다간 네게 대꾸할 말조차 안 남아나겠다. 저기 큰 나무들이 보이지? 강이 점점 가까워지는 것 같다.”

그는 오른쪽을 살피더니 샛길로 들어섰다. 한동안 더 가서 들판에 차를 멈추었다. 거기엔 아주 굵은 덩굴이 감긴 커다란 나무 한 그루가 서 있었다.

나는 손뼉을 치며 좋아했다.

“야, 굉장히 멋있네! 굉장히 멋진 곳이에요. 벅 존스의 평원은 반도 못 따라오겠어요.”

그는 내 머리를 쓰다듬어 주었다.

“언제나 이런 네 모습을 보고 싶어. 늘 멋진 꿈만 꾸고 살아라. 근심 걱정일랑 다 잊고.”

나는 차에서 내려 그를 도와 나무 그늘까지 짐들을 날랐다.

“늘 여기에 혼자 오시나요, 뽀르뚜가?”

“거의 그렇지. 참, 너도 아니? 이 나무가 내 것인 걸?”

“이름이 뭐예요, 뽀르뚜가? 큰 나무는 모두 세례명을 갖고 있다던데요.”

그는 한참 생각하다가 웃어 보이고 다시 또 생각했다.

“이건 내 비밀인데, 그래 네게만 얘기해 주마. ‘라이냐 까르롯따’(까르롯따 여왕이라는 뜻)라고 부른다.”

“이 나무도 당신에게 말을 건네나요?”

“말은 못하지. 왜냐하면 여왕은 자기 신하하고는 직접 얘기하지 않거든. 나를 아주 존중해 주지.”

“신하가 뭐예요?”

“그건 여왕이 명령하는 대로 복종하는 사람을 말하는 거야.”

"그럼 전 당신의 신하인가요?"

그는 들판에 바람이 불 때 나는 소리처럼 희한한 웃음소리를 냈다.

"아냐. 난 왕이 아니잖아. 난 명령하지 않고 네게 부탁만 하지 않았니?"

"하지만 당신은 왕이 될 수 있어요. 당신은 왕이 될 만해요. 트럼프에 있는 하트, 스페이드, 클로버, 다이아몬드 왕들도 당신처럼 뚱뚱해요. 모든 왕들은 당신처럼 멋져요, 뽀르뚜가."

"알았다. 그만 됐다, 됐어. 이제 슬슬 시작해 보자. 이러다간 낚시는 해 보지도 못하겠다."

그는 낚싯대와 지렁이가 가득 든 깡통을 챙기고 구두와 조끼를 벗었다. 조끼를 벗으니 더욱 뚱뚱해 보였다. 그는 강을 가리키며 말했다.

"넌 이쪽에서 놀고 있어라. 거긴 아주 얕으니까 괜찮을 게다. 다른 곳은 꽤 깊으니 가지 말도록 해라. 난 저쪽에서 고기를 낚겠다. 내 곁에 있고 싶으면 말을 해서는 안 된다. 그렇지 않으면 고기들이 달아나니까."

나는 그를 따라가지 않고 그 곳에 앉아 물장난을 쳤다. 그 곳은 매우 아름다운 강이었다. 나는 물속에 발을 담갔다. 흘러내리는 물줄기 속에서 한 떼의 두꺼비들이 이리저리 뛰어다니는 것이 보였다. 모래와 조약돌과 떠돌아다니는 낙엽들도 있었다. 난 글로리아 누나 생각을 했다.

꽃들이 속삭이는 호숫가에
나를 내버려 두세요.
나는 산마을에서 태어났답니다.
나를 바다로 데려가지 마세요.

내가 가지를 흔들 때면
맑고 예쁜 이슬들이
푸른 하늘에서 내려온답니다.
차가운 물방울들이
소곤대며 호수에 내려옵니다.
끝없는 대지 위에
꽃을 피게 한답니다.

글로리아 누나가 옳았다. 이런 것들이 세상에서 가장 아름다운 것이다. 나는 누나에게 삶의 아름다움을 발견해 냈다고 말하지 못한 게 안타까웠다. 그렇다. 삶의 아름다움이란 꽃처럼 화려한 게 아니라 나무에서 떨어져 바다 위를 떠돌아다니는 낙엽과 같은 것이다. 그리고 강물도, 이런 강물도 결국 바다로 흘러들어가니 역시 아름다움이 아닐까? 뽀르뚜가에게 물어 보고 싶었지만 낚시질을 방해할 것 같아 그만두었다.

겨우 황어(피라미류, 잉어과의 작은 물고기) 두 마리밖에 잡지 못했다.

해는 이미 중천에 올라와 있었다. 내 얼굴은 지금까지 내가 쳤던 장난들, 살아오면서 보고 듣고 느꼈던 여러가지 일 등, 이것저것 생각하느라 발갛게 달아 있었다. 그때 뽀르뚜가가 내 쪽을 바라보며 나를 불렀다. 나는 새끼염소처럼 뛰어갔다.

"많이 더러워졌구나, 요 꼬마야!"

"정신없이 놀았어요. 물속에도 들어갔었어요."

"점심을 먹도록 하자. 하지만 이렇게 돼지새끼마냥 더러워 가지고야 어디 먹겠니? 자 옷을 벗고 저기 얕은 물속에 들어갔다 나오도록 해라."

그러나 난 그렇게 하고 싶지 않아 머뭇거렸다.

"전 헤엄칠 줄 몰라요."

“헤엄칠 필요는 없다. 자, 내가 곁에 있으마.”

나는 계속 머뭇거렸다. 그에게 몸을 보이고 싶지 않았다.

“내 앞에서 옷을 벗기가 부끄러운 게냐?”

“그래서 그런 게 아녜요.”

더 이상 거역할 수 없어, 할 수 없이 등을 돌리고 옷을 벗기 시작했다. 우선 셔츠를 벗고 그 다음에 헝겊 멜빵이 달린 바지도 벗었다.

그리고 모두 땅바닥에 놓은 채 그를 향해 돌아섰다. 그의 눈이 너무 놀란 나머지 분노로 이글거리는 걸 보았다. 나는 매를 맞아 생긴 자국과 흉터를 그에게 보이고 싶지 않았던 것이다.

그는 단지 목이 메어 중얼거렸다.

“아프면 물에 들어가지 마라.”

“이젠 더 이상 아프지 않아요.”

우리는 계란, 바나나, 살라미(소시지), 빵, 그리고 바나나로 만든 작은 케이크를 먹었다. 전부 내가 좋아하는 것들이었다. 우리는 강물을 마시고 ‘라이냐 까르롯따’ 밑으로 돌아왔다.

그는 먼저 주저앉아 잠깐 쉬자고 신호를 보냈다. 나는 손을 가슴에 대고 나무에게 경의를 표하는 시늉을 했다.

“여왕이시여, 당신의 신하 마누엘 발라다리스와 삐나제 인디언 최고 투사가 인사드리옵나이다. 우리는 당신 밑에서 잠깐 쉬겠습니다.”

나는 웃으며 그의 곁에 앉았다. 그도 나를 따라 웃었다. 뽀르뚜가는 나무 덩굴에 조끼를 깔아 주며 바닥에 누워 달랬다.

“자, 이젠 한잠 자볼까?”

“하지만 전 졸리지 않아요.”

“그래도 할 수 없다. 너 같은 장난꾸러기를 저 강가에 풀어 놓을 수는 없어.”

그러고는 내 가슴 위로 손을 뻗어 날 꼭 껴안았다. 우리는 나무 덩굴 사이로 빠져 나가는 구름들을 한참 동안 바라보았다. 나는 이때다 싶었다. 만약 지금 말하지 못하면 영영 못할 것 같았다.

"뽀르뚜가!"

"으음……."

"주무세요?"

"아직 안 잔다."

"빵집에서 라디스라우 아저씨께 하신 말씀, 진정이세요?"

"글쎄, 라디스라우와 얘기한 게 많아서. 무슨 말 말이냐? "

"제 얘기 말이에요. 저 들었어요. 차에서 들었단 말예요."

"뭘 들었을까?"

"당신이 절 굉장히 좋아한다는 거요."

"널 좋아하는 건 사실이야. 뭐가 잘못됐니?"

나는 그의 팔에 안긴 채 그를 올려다보았다. 그의 눈은 반쯤 감겨 있었다. 얼굴도 더 커 보여서 정말 왕의 얼굴 같아 보였다.

"아뇨, 그렇다면 당신이 절 굉장히 좋아한다고 굳게 믿어도 돼요?"

"그래, 바보야."

그는 증명이라도 하듯 날 더 확 껴안았다.

"전 오랫동안 생각해 봤어요. 당신은 단지 '인깐따도'에 딸 하나가 있을 뿐이죠?"

"그래."

"그 큰 집에서 새장만 두 개 갖고 있을 뿐 혼자 사시죠, 네?"

"그래."

"손자도 없다고 그러셨죠?"

"그래."

"그리고 절 좋아한다고 그러셨어요."

“그래.”

“그렇다면 왜 우리 집에 오셔서 아버지에게 절 달라고 하지 않으세요?”

그는 깜짝 놀라 벌떡 일어나 내 얼굴을 두 손으로 감싸 쥐었다.

“넌 내 아들이 되고 싶니?”

“태어나기 전엔 아버지를 선택할 수 없잖아요. 하지만 할 수만 있다면 당신을 선택하겠어요.”

“정말이냐, 꼬마야?”

“맹세할 수 있어요. 이다음에 커서 꼭 훌륭한 사람이 될게요. 욕도 안 하고 볼기짝이란 소리도 안 할게요. 전 당신 구두도 닦겠어요. 새장 속의 새들도 돌보고요. 학교에선 아무도 따라오지 못할 정도로 공부도 열심히 하겠어요. 모두 모두 잘 할게요, 네?”

그는 뭐라고 대답하면 좋을까 생각하는 것 같았다.

“그렇게 되면 우리 집 식구들도 모두 기뻐할 거예요. 우리 집 부담도 덜어질 거예요. 사실은 글로리아 누나와 또또까 형 사이에 누나가 하나 더 있었어요. 그런데 북부에 양녀로 줘 버렸어요. 거기서 부자인 사촌 누나와 함께 공부도 하며 자라고 있어요.”

그는 잠자코 있었으나 두 눈엔 눈물이 가득 고여 있었다.

“만약 아버지가 안된다고 하시면 당신이 절 사 가세요. 아버진 돈이 한 푼도 없으시거든요. 아버지가 날 파실 거라는 건 확신할 수 있어요. 만약 돈을 많이 요구하시면 자꿉 아저씨가 물건을 팔 때처럼 나눠서 내세요.”

그가 계속 대답을 안 해서, 나는 잠시 말없이 그의 품속에 가만히 있었다. 그도 아무 말이 없었다.

“알았어요, 뽀르뚜가. 사고 싶지 않아도 괜찮아요. 전 당신이 우는 것은 싫어요.”

그는 아주 천천히 내 머리를 쓰다듬어 주었다.

“그게 아니라, 애야. 그게 아냐. 인생이란 네가 생각하듯 그렇게 쉬운 일이 아니야. 하지만 내 한 가지 약속하마. 너의 아버지에게서 널 데려올 수는 없다. 너희 집 식구들로부터도 안 돼. 그건 옳은 일이 아니야. 하지만 앞으로 널 내 아들처럼 사랑해 주마. 친아들처럼 대해 주마.”

나는 너무 기쁜 나머지 몸을 벌떡 일으켰다.

“정말이에요, 뽀르뚜가?”

“네가 잘 쓰는 말이지만, 맹세하마.”

내가 우리 가족 이외의 사람에게 그렇게 하는 것은 매우 드문 일이었다. 나는 그의 커다랗고 부드러운 얼굴에 입맞춤을 한 것이다.

사랑의 조각들

“함께 얘기를 나누기도 하고, 말처럼 올라타 놀 수 있는 나무
가 지금까지 하나도 없었어요, 뽀르뚜까?”
“응.”
“하지만 당신도 어렸을 때가 있었잖아요?”
“그래. 하지만 어린애라고 모두 나무를 이해할 수 있는 행운을
얻는 건 아니잖니? 그와 마찬가지로 모든 나무들이 말하기를 좋
아하는 건 아니야.”
그는 부드러운 미소를 띤 채 계속 말했다.
“나무라고도 할 수 없었지. 포도 덩굴이지. 네가 물어보기 전
에 알려 주마. 덩굴이란 줄기를 말하는 거야. 포도가 열리는 나
무. 굵은 줄기가 구불구불 올라가는 나무지. 수확기가 되면 얼마
나 멋있다고(그때 그는 그렇게 설명해 주었다). 그리고 그걸 짜면 포도주

가 된단다.”

이런 식으로 그는(그가 다시 그 과정을 자세히 설명해 주었다) 자신이 알고 있는 것들을 내게 설명해 주었다. 에드먼드 아저씨처럼.

“더 얘기해 주세요.”

“재미있니?”

“굉장히 재미있어요. 가능하다면 전 852만 킬로미터를 계속 달리며 당신과 얘기할 수 있었으면 좋겠어요.”

“그럼 휘발유가 많이 들 텐데?”

“그래요, 그게 문제예요.”

그리고 그는 풀들을 가리키며 이 풀들이 겨울엔 건초가 되고 치즈를 만들게 해 준다고 말했다. 게다가 ‘치즈’는 ‘치킨’이 아니라고 했다. 그는 많은 단어들을 마치 노래하듯 아름답게 말해주었다. 내겐 그의 말이 음악보다 더 아름답게 들렸다.

그는 설명을 멈추더니 한숨을 내쉬었다.

“나도 곧 그 곳으로 가야겠군. 늙은 여생을 조용하고 아늑한 곳에서 보내고 싶어. 내가 좋아하는 ‘뜨라스우스 몬테스’라는 곳의 ‘몽레알’ 언저리에서 낙엽처럼 지겠지.”

그의 얼굴은 늘 윤이 나고 주름살이 별로 없었기 때문에 나는 그때서야 비로소 그가 아버지보다 훨씬 더 늙었음을 알아차렸다. 나는 약간 섭섭한 생각이 들었다.

“진정으로 말씀하시는 거예요?”

그제야 그는 내가 실망하고 있다는 걸 알아챘다.

“걱정 마라. 그건 훨씬 뒤의 일이니. 어쩌면 내 생전에 이루어지지 않을지도 몰라.”

“그럼 저는요? 당신이 보고 싶을 때는 어떡해요?”

내 눈에는 눈물이 가득 고였다.

“우리가 같은 소망을 가지면 되지 않겠니?”

"그런데 당신은 우리의 소망 속에 절 넣어 주시지 않는단 말이에요."

그는 빙그레 웃었다.

"제 소망의 전부란, 저를 당신의 마음속에 자리잡게 하는 거예요, 뽀르뚜가. 제가 톰 믹스나 프레드 톰슨과 함께 푸른 평원에 나갈 때도 당신이 지치지 않도록 역마차를 잡아 둔단 말예요. 제가 가는 곳에는 언제든지 당신이 계세요. 그러나 때때로 수업시간에 전 창문을 바라보며 생각해요. 언젠가는 당신이 그 곳에 와 내게 작별 인사를 하리라고요."

"맙소사! 너처럼 사랑으로 가득 찬 조그만 머리는 본 적이 없다. 하지만 내 걱정은 너무 마라, 알겠니?"

나는 밍기뉴에게 이런 얘기를 전부 해 주었다. 밍기뉴는 나보다 더 심할 정도로 얘기에 빠져 있었다.

"하지만 슈르르까. 우리 아빠가 된 그는 아주 고지식한 양반이야. 그는 내가 하는 일은 뭐든지 다 좋은 일이라고 생각한단다. 하지만 좋아졌다는 것하고는 다른 거야. 다른 사람들은 날더러 옛날의 그 몹쓸 녀석은 사라졌다고 해. 나쁜 버릇이 없어진 건 사실이지만, 난 이 방구 시에서 한 번도 나간 적이 없잖니?"

나는 밍기뉴를 부드러운 눈길로 쳐다보았다. 그게에도 내가 늘 심어주고 싶어 했던 사랑이 있음을 난 알 수 있었다.

"이봐, 밍기뉴. 난 열두 명의 애들을 낳겠어. 거기다 또 열두 명을 더 낳겠어, 알겠니? 우선 첫 번째의 열두 아이는 전부 꼬마로 그냥 있게 할 거고 절대 때리지 않겠어. 그 다음 열두 아이는 어른으로 키울 거야. 그리고 애들에게 이렇게 물어 볼 테야. '애야, 넌 이다음에 커서 무엇이 되고 싶니? 나무꾼? 그렇담, 알겠다. 여기 도끼와 체크무늬 셔츠가 있다. 넌 서커스단의 훈련사가 되고 싶다고? 알겠다. 여기 채찍과 광대옷이 있다.'"

"그럼 크리스마스엔 그 애들에게 무엇을 해줄거니?"

"밍기뉴도 요럴 땐 제법 말을 받을 줄 안단 말이야."

나는 잠시 생각한 다음 말했다.

"돈 많이 벌어서 크리스마스엔 밤이랑 개암나무 열매를 한 트럭 살 거야. 호도랑 무화과와 건포도도, 장난감도 많이 사서 가난한 애들에게도 빌려줄 테야. 부자가 될 거야. 거기다 복권도 당첨될 테고……."

나는 말을 멈추고 밍기뉴를 흘겨보았다. 그리고 그가 말을 가로 챈 것을 나무랐다.

"애들 얘기는 이제 그만하자. 어디까지 얘기했지? 음, 그래. 애야, 넌 카우보이가 되겠니? 여기 안장과 채찍이 있다. 망가라치바호의 기관사가 되겠다고? 여기 모자와 경보기가 있다."

"경보기로 뭘 하게, 제제? 넌 그렇게 혼자 지껄이다가 미쳐 버리겠다."

또또까 형이 다가와 내 곁에 앉았다. 그리고 병뚜껑과 끈들로

장식된 내 라임오렌지나무를 아주 은근한 미소를 띠며 훑어보았
다. 그것은 무엇인가 내게 얻어내려는 수작이었다.

"제제, 사백 레이스만 꾸어 줄래?"

"싫어."

"너 돈 있잖아, 응?"

"있긴 있어."

"그런데 왜 꿔 주기 싫다는 거야?"

"'뜨라스우스 몬테스'에 여행하려면 돈을 모아야 해."

"그건 또 뭐 말라비틀어진 거니?"

"말할 수 없어."

"어차피 쓸 거잖아?"

"쓸 거야. 그래도 사백 레이스를 빌려줄 순 없어."

"넌 뭐든지 잘하잖아. 내일 구슬을 팔면 돈이 또 생길 거야.
그까짓 사백 레이스는 금방 채울 수 있어. 그런데 왜 그러니?"

"그래도 난 빌려주고 싶지 않아. 착해지려고 싸움도 안 하기로
했어."

"나도 싸우는 건 싫어. 하지만 넌 내가 가장 좋아하는 동생이
잖아. 그런데 넌 갑자기 감정도 없는 괴물이 되어 버렸어."

"괴물이 되어가는 게 아냐. 난 지금 감정이 없는 혈거인이 되
려는 거야."

"뭐가 된다고?"

"혈거인. 에드먼드 아저씨가 잡지에 난 사진을 보여주셨어. 손
에 배나무 묘목을 든 털이 긴 원숭이야. 이름을 알 수 없는 동굴
에 살았던 최초의 사람이래. 외국말이라 잊어먹었어. 너무 어려
워서……."

"에드먼드 아저씨께 네 머릿속에 그런 지렁이 같은 걸 좀 그만
넣으시라고 해. 어쨌든 빌려줄거지?"

“난 내가 지렁이를 넣고 다닌다고 생각지 않아.”

“그만둬, 제제. 우리가 구두 닦으러 다닐 때 넌 몇 번이나 일을 안 했잖아? 게다가 네가 지칠 때마다 네 구두통을 내가 들어줬잖아?”

그것은 사실이었다. 또또까 형은 가끔 내게 나쁜 짓을 했을 뿐이었다. 결국 난 빌려주고 말 것 같았다.

“돈을 꿔 주면 두 가지 놀랄 만한 소식을 알려줄게.”

나는 잠자코 있었다.

“내 따마린두나무보다 훨씬 예쁜 네 라임오렌지나무에 관한 얘기야.”

“예쁘다는 얘기?”

“그건 벌써 했잖아.”

나는 주머니에 손을 넣고 동전을 흔들어 보았다.

“두 가지 얘기가 뭔데?”

“이봐, 제제. 우리는 더 이상 가난하게 살지 않아도 돼. 아빠가 ‘성 알레이슈’ 공장의 지배인이 되셨어. 다시 부자가 되는 거야. 넌 기쁘지 않니?”

“아빠를 위해선 잘된 일이야. 하지만 난 방구 시를 떠나기 싫어. 난 진지냐 할머니 댁에서 살래. 여기서 살다가 ‘뜨라스우스 몬테스’로 갈 테야.”

“알겠어. 넌 진지냐 할머니 댁에 있으면서, 몇 달에 한 번씩 우릴 보러 오겠다, 이거지?”

“그래. 형은 그 이유를 모를 거야. 또 한 가지는 뭐야?”

“여기선 얘기할 수 없어. 아무도 들어서는 안 되거든.”

우리는 화장실 옆으로 갔다. 그런데도 형은 낮은 소리로 소곤거렸다.

“네게 알리는 게 좋을 것 같아, 제제. 네가 미리 알고 있는 게 나을 거야. 시청에서 길을 넓히기로 했대. 개천을 덮고 모든 집들을 뒤뜰까지 넓힌대.”

“그런데?”

“너처럼 영리한 애가 그래도 모르겠니? 길을 포장하려고 저기까지 들어엎는대.”

형은 내 라임오렌지나무가 있는 곳을 가리켰다. 나는 울듯이 입을 쑥 내밀었다.

“거짓말이지? 그렇지, 또또까 형?”

“그렇게 울려고 할 것까진 없어. 내일 당장 하는건 아니니까.”

나는 신경질적으로 주머니 속의 동전을 주물럭거렸다.

“거짓말이야. 그렇지, 또또까 형?”

“아니, 사실이야. 하지만 넌 이제 어른이잖아?”

“그건 그래.”

그래도 눈물이 얼굴에 흘러내렸다. 난 형의 배를 끌어안고 애원했다.

“또또까 형, 형은 내 편이 되어 줘, 응? 나하고 같이 싸워, 응? 아무도 내 오렌지나무를 자르지 못하게 말이야.”

“그래, 우리가 막자. 자, 그럼 이젠 돈을 꿔 줘야지?”

“뭐 할 건데?”

“넌 방구극장에 갈 수 없지? 거기서 ‘타잔’을 한대. 보고 와서 얘기해 줄게”

난 오백 레이스짜리 은전을 꺼내 셔츠 끝으로 눈물을 닦으며 건네주었다.

“거스름돈은 형 가져. 구슬 사.”

그리고 내 라임오렌지나무 앞으로 다가갔다. 그러나 말을 걸 기분이 안 들었다. 그래서 ‘타잔’ 생각을 했다. 난 벌써 그 영화를 봤다. 뽀르뚜가에게 졸랐던 것이다.

"가고 싶니?"

"갈 수 있다면 얼마나 좋겠어요. 하지만 전 방구시 극장엔 들어갈 수 없는데요, 뭘."

그는 내가 못 들어가는 이유를 생각해 내고 빙그레 웃었다.

"그래 그 머리로도 무슨 수를 못 찾았단 말이냐?"

"못했어요, 뽀르뚜가. 하지만 어른이 데리고 가면 괜찮을 것 같은 생각이 들긴 해요."

"그 어른이 나라면…… . 네가 바라는 게 그거지?"

내 얼굴은 기쁨으로 활짝 갰다.

"하지만 난 일을 해야만 하는데, 애야."

"이런 시간엔 아무도 일하지 않잖아요? 차에서 얘기하시거나 담배를 태우시는 대신, 사자와 호랑이와 고릴라와 싸우는 타잔을 보러 가요! 누가 나오는 줄 아세요? 프랑크 머릴이래요."

그는 약간 망설였다.

"넌 정말 매사에 장난꾸러기인데다 꼬마 도깨비로구나."

"단지 두 시간뿐인데요. 당신은 돈도 많잖아요, 뽀르뚜가?"

"그래 가 보자. 그러나 걸어서 가는 거다. 차는 주차장에 세워 두고."

우리는 극장으로 갔다. 그러나 매표소의 젊은 여자가 일 년의 금지기한이 지나지 않은 한 들여보낼 수 없다고 버티었다.

"제가 이 애를 책임지겠습니다. 게다가 그건 꽤 오래 전 일이잖습니까? 이젠 저 애도 철이 들었고요."

매표원이 날 쳐다보았을 때 나는 살짝 웃어 보였다. 그리고 그녀의 손에 입맞춤을 하며 아양을 부렸다.

매표원은 하는 수 없이 우리를 들여보내 주었다. 그녀가 신신당부했다.

"명심해라, 제제. 네가 장난을 치면 난 일자리를 잃게 돼."

밍기뉴에게는 이런 얘기를 하고 싶지 않았으나 결국 오래 못 가서 해 주고 말았다.

망가라치바

　세실리아 빠임 선생님께서 아무나 나와 칠판에 한 구절 적어 보라고 하셨다. 그러나 작문은 어려워서 아무도 감히 나갈 생각을 하지 못했다. 그때 머릿속에 좋은 말이 떠올라 나는 손을 들었다.

　"제제, 나와서 해 보겠니?"

　나는 의자에서 일어나 선생님의 칭찬에 기분이 으쓱해진 채 칠판 앞으로 나갔다.

　"여러분들도 나와서 해 보세요! 그럼 곧 우등생이 될 거예요."

　난 칠판 앞으로 가 분필을 집었다. 글짓기에는 자신이 있었다.

　'오래지 않아 방학이 시작됩니다.'

　틀린 곳이 있나 하여 나는 선생님을 쳐다보았다. 선생님은 만족한 웃음을 띠며 탁자 위에 놓인 빈 꽃병을 쳐다보셨다. 빈 병.

하지만 그녀가 말했듯이 늘 장미가 꽂혀 있는 빈 병이었다. 그녀가 조금만 더 예뻤더라면 나 말고도 누군가가 꽃을 가져다 드렸을 것이다.

난 내가 쓴 문장에 만족해서 자리로 돌아왔다. 며칠 뒤 방학이 시작되면 난 뽀르뚜가와 긴 여행을 할 수 있어서 기분이 너무 좋았다.

그 뒤로 몇 명의 아이들이 나와 글짓기를 했으나 나보다 잘한 아이는 없었다.

누군가가 지각을 하여 선생님의 허락을 얻고 들어왔다. 제로니모였다. 그 애는 비비적거리며 들어와선 내 뒷자리에 앉았다. 그리고 책상 위에 시끄럽게 책을 올려놓더니 옆의 아이에게 말을 걸었다. 난 들으려고 하지 않았다. 공부를 많이 해서 학자가 되고 싶었기 때문이다. 그런데 그의 소곤거리는 말 가운데 한 마디가 내 신경을 곤두서게 했다. 그것은 망가라치바에 관한 이야기였다.

"차를 들이받았다고?"

"자동차야. 그 마누엘 발라다리스 씨의 멋진 차 말이야."

난 깜짝 놀라 뒤돌아보았다.

"뭐라고?"

"망가라치바가 '쉬따' 건널목에서 포르투갈 사람 차를 들이받았다고. 그 때문에 길이 막혀서 멀리 돌아오느라 지각한 거야. 기차가 차를 박살냈단 말이야. 차 안에 사람이 있었대. '레알렝고' 시의 소방대까지 왔어."

갑자기 식은땀이 흐르고 눈앞이 깜깜해졌다.

제로니모는 계속 아이들의 물음에 대답해 주었다.

"그가 죽었는지는 모르겠어. 애들은 가까이 못 가게 했어."

난 멍하니 자리에서 일어섰다. 식은땀이 온몸을 적셨고 자꾸 토하고 싶었다. 나는 책상을 떠나 출구 쪽으로 다가갔다. 선생님이 창백해진 내 얼굴을 보고 깜짝 놀라셨으나 난 그것도 알아보지 못했다.

"무슨 일이지, 제제?"

그러나 난 대답할 수가 없었다. 눈에서 눈물이 솟았다. 미칠 것만 같았다. 나는 교실을 뛰어나가 교장실 앞이라는 것도 잊고 달려 나갔다. 도로가에 다다랐을 때도, '리오-상파울로' 고속도로에서도 나는 미친 듯이 달렸다. 가슴이 위경련으로 아플 때보다 더 심하게 쓰렸다. 까지냐 거리로 달려가 빵집 앞에 갔을 때, 나는 제로니모의 말이 거짓이기를 빌며 둘러보았다. 그러나 우리 차는 거기 없었다. 나도 모르게 입에서 신음소리가 새어나왔다. 다시 달려가려고 했을 때 라디스라우 아저씨의 억센 팔이 나를 낚아챘다.

"어디 가니, 제제?"

내 얼굴은 눈물로 온통 젖어 있었다.

"거기에 갈래요!"

"가선 안 된다."

나는 미친 듯이 발버둥을 쳤으나 그의 팔에서 빠져 나올 수가 없었다.

"진정해라, 애야. 넌 가선 안 돼."

"그렇담 망가라치바가 그를 죽였군요."

"아니, 구조대가 금방 왔다. 차는 많이 부서졌지만……."

"아저씨는 지금 거짓말을 하고 계세요."

"무엇 때문에 거짓말을 하겠니? 기차가 차를 들이받았다고 했잖아? 그가 사람들을 만날 수 있게 되면 내가 널 병원에 데려다 주마, 약속할게. 자 이젠 주스 좀 마실까?"

그는 손수건을 꺼내 땀을 닦아 주었다.

“토하고 싶어요.”

내가 벽에 기대자 그는 머리를 잡아 주었다.

“이제 좀 괜찮니, 제제?”

나는 고개를 끄덕여 보였다.

“집에 데려다 줄까?”

난 머리를 내둘렀다. 그리고 멍하니 천천히 걸어갔다. 모든 게 사실이었던 것이다. 어느 누구도 망가라치바를 막을 수 없었다. 세상에서 제일 힘이 센 기차였던 것이다.

나는 두세 번 더 토했다. 그러나 귀찮게 구는 사람은 아무도 없었다.

나는 학교로 돌아가지 않고 발길 내키는 대로 아무 데로나 걸었다. 때때로 코를 훌쩍이며 교복 셔츠 끝에 얼굴을 닦았다. 나의 뽀르뚜가를 이젠 다시 볼 수 없게 되어버렸다. 영원히 그는 가버린 것이다.

나는 걷고 또 걸었다. 그리고 그가 내게 뽀르뚜가라 부르는 걸 허락하고 차에 매달리도록 해 준 곳까지 걸어갔다. 그리고 나무 밑에 앉아 얼굴을 무릎에 파묻고 웅크렸다. 그러자 더 이상 아무런 희망도 가질 수 없다는 것에 굉장히 화가 났다.

“아기 예수, 넌 나빠. 난 이번엔 꼭 아기 예수가 태어나도록 하겠다고 다짐했는데, 네가 그렇게 해 줬니? 넌 왜 다른 애들처럼 날 좋아하지 않지? 난 아주 착해졌는데, 싸움도 안 하고 욕도 안 하고 공부만 열심히 하고, 볼기짝이란 말도 하지 않았어. 그런데 아기 예수, 넌 왜 날 도와 주지 않니? 내 라임오렌지나무를 자른다고 했을 때도 화도 안 내고 잠깐 울었을 뿐이었는데…… 이젠 어떡하란 말이야……. 이젠 어떡해?”

또 눈물이 흘러내렸다.

“아기 예수, 난 다시 뽀르뚜가가 돌아왔으면 좋겠어. 네가 뽀르뚜가를 다시 데리고 와야 해.”

내 마음속에서 아주 부드럽고 달콤한 목소리가 들려왔다. 그것은 아마 내가 앉아 있는 나무의 친근한 목소리 같았다.

“울지 마, 꼬마야. 그는 하늘에 올라갔어.”

밤이 되었다. 기운이 빠져 더 이상 토하거나 울 수도 없었다. 그때 엘레나 빌라스 보아스 아줌마 댁 현관 계단에 앉아 있는 또또까 형과 마주쳤다.

형이 내게 무슨 말을 건넸지만 난 신음소리밖에 낼 수가 없었다.

“무슨 일이니, 제제? 나한테 말해 봐.”

그러나 난 계속 신음소리만 냈다. 그러자 또또까 형은 내 이마를 짚어 보았다.

“열이 굉장해. 무슨 일이니, 제제? 나하고 집에 가자. 내가 잡아 줄게.”

신음을 하는 가운데서도 나는 겨우 입을 열었다.

“내버려 둬, 또또까 형. 난 더 이상 그런 집엔 가기 싫어.”

“자, 가자. 이젠 새로운 집이야.”

“거기엔 안 가겠어. 모든 게 끝났어.”

그는 나를 일으키려 했으나 내가 기운을 낼 수 없다는 걸 알아채고는 내 목에 손을 돌려 잡아주었다. 그리고 집으로 데려가 나를 침대 위에 뉘었다.

“잔디라 누나! 글로리아 누나! 모두들 어디 있어?”

형은 알라이데 집에 놀러 간 잔디라 누나를 데리러 갔다.

“잔디라 누나, 제제가 굉장히 아파.”

그녀는 투덜거리며 집으로 돌아왔다.

“또 시작이구나. 사랑의 매를 맞아야…….”

그러자 또또까 형은 신경질을 부리며 침실로 들어왔다.

"아냐, 잔디라 누나. 정말로 굉장히 아프단 말이야. 죽으려고
해."

　삼일 낮과 삼일 밤을 난 아무 것도 먹지 못했다. 조금만 먹어도
자꾸 토했다. 그리고 점점 여위어 갔다. 게다가 시간이 가는 줄도
모르고 벽만 바라보았다.
　내 언저리에서 이야기하는 소리가 들렸지만 대답하고 싶지 않
았다. 그냥 하늘나라로 가고만 싶었다.
　글로리아 누나는 아예 내 침실로 옮겨와 내 곁을 떠나지 않았
다. 불도 밤새도록 켜 두었다. 모두들 나를 정성스레 간호해 주었
다. 진지냐 할머니까지도 우리 집에 오셔서 며칠동안 지내셨다.
　또또까 형은 줄곧 나만 지켜보았다. 그리고 때때로 내게 말했
다.
　"거짓말이었어, 제제. 날 믿어 줘. 내가 나빴어. 포장공사는
하지 않아. 길도 넓히지 않아."
　집 안은 죽음이 휩쓸고 지나간 듯 조용했다. 큰 소리를 내는 사
람은 아무도 없었다. 모두 낮은 소리로 속삭였다. 어머니는 거의

매일 밤을 내 곁에 계셨다. 그래도 난 그를 잊을 수 없었다. 그의 웃는 모습, 특이한 말소리, 면도할 때 쓰윽- 쓰윽- 소리를 나게 하는 수염까지도 잊을 수가 없었다. 그의 생각을 하지 않을 수가 없었다. 이제는 모든 게 고통이었다. 그것은 놀랐기 때문에 생긴 것은 아니었다. 유리조각에 찔려 그가 병원에 데려갔을 때 맛본 것과 같은 것도 아니었다. 아무에게도 비밀을 얘기하지 못한 채 모든 것을 마음속에 간직하고 죽어야 한다는 것, 그런 것이 고통이었다. 팔과 다리, 심지어 베개에서 머리를 돌리고 싶은 마음까지도 사라지게 하는 그런 고통이었다.

내 병세는 더욱 나빠졌다. 내 뼈와 피부는 헛돌았다. 의사도 불려왔다. 파울랴베르 박사가 나를 진찰해 주었다. 그는 아주 오랫동안 나를 진찰했다.

"쇼크입니다. 정신외상이 아주 심한데요. 이 쇼크를 이겨내야만 살 수 있을 겁니다."

글로리아 누나는 그를 배웅하며 말했다.

"박사님, 저 애는 제 라임오렌지나무가 잘린다는 애길 듣고 쇼크를 받은 것 같아요."

"그렇담 그것이 사실이 아니라는 걸 확신시켜야 해요."

"여러 가지로 타일러 봤으나 저 앤 그걸 믿지 않아요. 저 애에게는 오렌지나무 한 그루라도 사람과 같아요. 저 앤 아주 특별한 애예요. 굉장히 감수성이 예민하고 조숙한 애예요."

나는 모두 알아들을 수 있었으나, 더 이상 사는 것에 흥미가 없었다. 살아 있는 사람 가운데 그 누구도 갈 수 없는 하늘나라로 가고만 싶었다.

약을 먹었으나 그래도 계속 토했다.

그즈음 한 가지 놀라운 일이 생겼다. 동네 사람들이 날 문병하러 온 것이다. 그들은 내가 그렇게도 말썽꾸러기였다는 걸 잊은

모양이었다. '재난과 기아' 상점 주인은 '늘어진 다리아'를 잔뜩 갖다 주었고, 아우제니아 아줌마는 내가 토하지 않도록 계란을 갖고 와서 먹여주고 기도까지 해 주었다.

"빠울로 씨의 아들이 죽어가고 있습니다. 주님, 도와주세요……."

그들은 내게 좋은 말만 해 주었다.

"넌 곧 낫게 될 게다, 제제. 네가 나와 놀지 않으니 거리가 온통 슬픔에 잠긴 것 같단다."

세실리아 빠임 선생님도 내 가방과 꽃을 사가지고 오셨다. 그것들을 보자 나는 또 다시 눈물이 나왔다.

선생님은 내가 어떻게 뛰어나갔나 설명하셨다. 그러나 선생님도 단지 그것밖엔 모르셨다.

아리오발도 씨가 찾아왔을 때도 난 슬픔에 잠겨 있었다. 나는 그의 목소리를 알아들었으나 잠자는 척하고 있었다.

"그 애가 깰 때까지 밖에서 기다리시죠."

그는 밖에 앉아 글로리아 누나에게 말했다.

"잘 들어 봐요, 아가씨. 난 집집마다 물어 가며 여길 찾아온 거예요."

그는 큰 소리로 떠들어댔다.

"내 어린 천사가 죽어선 안 돼요. 정말이에요, 아가씨. 저렇게 내버려 두지 마세요. 아가씨에게 내 악보를 가져다 준 것도 저 애가 아닙니까, 네?"

글로리아 누나는 대답도 못할 정도로 슬픔에 빠졌다.

"죽도록 내버려 두지 마세요, 아가씨. 나을 거예요. 저 애에게 나쁜 일이 생긴다면, 이런 포장도 안 된 변두리에는 다시는 오지 않겠어요."

그는 침실로 들어와 내 곁에 걸터앉아 내 손을 자기 얼굴에 비버뎄다.

"눈을 떠 봐, 제제. 넌 곧 나을 거야. 그래서 나보다 더 노래를 잘하게 될 걸. 난 악보를 하나도 팔 수 없게 될 거야. 모두들 이렇게 묻겠지. 어이, 아리오발도, 당신은 카나리아를 어디서 잃어버린 거요? 다시 건강해질 수 있다고 약속하지, 응?"

내가 눈을 감은 채 아무 반응도 보이지 않자 글로리아 누나는 아리오발도 씨를 밖으로 데리고 나갔다.

나는 조금씩 나아졌다. 물도 조금 마실 수 있게 되었고 토하지도 않았다. 열도 내렸다. 그를 생각할 때만 오한이 나고 토했다.

식구들은 살인자인 망가라치바를 구경하러 가도록 내버려 두지 않았다. 그래서 난 아기 예수에게 그와의 추억을 잊지 않게 나도 기차에 치이게 해 달라고 빌었다.

글로리아 누나는 내 곁에 앉아 머리를 쓰다듬어 주었다.

"울지 마, 아가. 다 잊어버리게 돼. 너만 좋다면 내 망고나무를 줄게. 그건 아무도 자르지 않는단다."

이유 없이 늙은 망고나무를 준다니? 열매도 열리지 않고 늙은 데다가 볼품도 없는 그런 망고나무를. 하긴 내 라임오렌지나무도 곧 매력을 잃게 되겠지. 결국 다른 나무처럼 되고 말 거야. 그게 바로 빈곤의 시기로 들어간다는 거지. 사람들이 그렇게 말했어.

어떤 사람에겐 죽는다는 게 얼마나 쉬운 일이람? 몹쓸 기차가 한 번 지나가면 그만이잖아. 그런데 왜 내가 하늘나라에 가는 것은 이다지도 어려운거지? 모두들 내가 가지 못하도록 붙잡고 있나봐.

글로리아 누나의 정성어린 보살핌으로 나는 겨우 말할 수 있을 정도가 되었다. 아버지는 밤에 외출하는 일마저 그만두셨다. 또 또까 형은 가책 때문에 내 곁에 내내 붙어 있었다. 그래서 잔디라 누나가 가끔 핀잔을 하기도 하였다.

"그만하면 됐어, 또또까."

"누난 내 맘을 몰라. 제제한테 얘기한 게 나란 말이야. 난 아직도 마음이 아파. 심지어 잘 때도 저 애의 우는 얼굴이 떠올라 미치겠어."

"그렇다고 너마저 울지는 마. 넌 옛날부터 악한 애였잖아. 그리고 저 앤 살아날 거야. 그러니 그만하고 '재난과 기아' 상점에 가서 우유 한 통만 사와."

"알았어. 그 대신 돈을 줘야 해. 더 이상 아버지 앞으론 외상을 주지 않는대."

몸이 약해져서인지 수시로 잠이 왔다. 밤인지 낮인지조차 모를 정도였다. 열은 조금씩 내렸고 오한과 흥분도 점점 가라앉았다.

눈을 뜨자 어둑어둑한 공간 속에서 글로리아 누나가 보였다. 피로에 지쳐서인지 흔들의자에 앉아 졸고 있었다.

"고도이아 누나, 벌써 밤이야?"

"곧 깜깜해 질거야."

"창문 좀 열어 줘."

"머리 아프지 않을까?"

"아프지 않을 것 같아."

빛이 스며들었다. 나는 핏빛 노을로 물든 아름다운 하늘을 쳐다보았다. 하늘을 보니 다시 눈물이 솟았다.

"왜 그러니, 제제? 하늘이 아주 멋있잖아. 아기 예수가 네 맘 속에 태어날 수 있도록 그렇게 바랐잖니? 아기 예수가 오늘 내게 말했어……."

누나는 하늘이 내게 무엇을 뜻하는지 모르고 있었다.

누나는 내 곁에 기대어 손을 잡고 다정하게 말을 걸어왔다. 그녀의 얼굴은 야위고 지쳐 보였다.

"제제야, 이제 곧 나을 거야. 그래서 연도 날리고 구슬도 산더미처럼 따고, 나무에도 올라가고, 밍기뉴도 탈 수 있을 거야. 네가 부르고 싶을 땐 노래도 부르고 내게 악보도 갖다 줘. 모두 얼마나 멋진 일이니? 넌 동네 사람들이 슬픔에 잠긴 것도 모르지? 모두들 네가 나와 놀아야 거리가 기쁨으로 가득 찬대. 모두 그러길 바라고 있어. 넌 그렇게 해 줄 테지. 암 살아야지, 그럼 살아야 하고말고."

"아냐, 누나. 난 더 살고 싶지 않아. 낫게 되더라도 다시 나쁜 아이가 될 거야. 누난 몰라. 누굴 위해 착해지란 말이야?"

"그래, 넌 착해질 필요 없어. 넌 늘 그랬듯이 어린애이고 소년이기만 하면 되는 거야."

"누굴 위해, 누나? 날 때리는 사람들을 위해? 날 미워하는 사람들을 위해?"

그녀는 두 손으로 내 얼굴을 껴안고 굳게 맹세했다.

"아가, 내가 약속할게. 네가 낫게 되면 아무도, 그 누구도, 하느님일지라도 네게 손끝 하나 대지 못하게 할게. 내가 송장이 되기 전에는 안 돼, 내 말 믿지?"

나는 알았다는 듯이 "음." 했다.

"송장이 뭐야?"

오랜만에 누나의 얼굴은 기쁨으로 활짝 펴졌다. 내가 다시 어려운 말들을 물어 보는 건 다시 살아갈 의욕을 가졌다는 걸 의미하기 때문이었다.

누나는 빙그레 웃었다.

"송장이란 죽은 몸, 그러니까 시체를 말하는 거야. 하지만 어려운 말이라 잘 쓰지 않아."

물론 나는 나을 생각이었다. 그러나 그가 벌써 며칠째 송장이라는 걸 잊을 수가 없었다. 글로리아 누나는 계속 여러 가지 얘기를 해 주었다. 그러나 난 두 마리의 새를 생각하고 있었다. 파랑새와 카나리아였다. 그들은 어떻게 됐을까? 빨강 머리의 오를란도 씨가 이사갈 때처럼 슬픔 때문에 죽었을지도 몰라. 아니면 사람들이 새장 문을 열어 그들을 풀어 줬을지도 모르지. 그들은 잘 날지도 못할 텐데. 바보같이 오렌지나무에 앉아 있다가 짓궂은 아이들에게 잡혔을 거야. 지꼬가 돈이 없어 더 이상 새를 키울 수 없게 되어, 새장 문을 열어 보내주었을 때 얼마나 비참했다고. 아마 애들 손에서 헤어나지 못하고 죽었을 거야.

모든 일이 다시 정상적인 리듬을 갖게 되었다. 집 안의 곳곳에서 떠들썩한 소리가 들려왔고, 엄마도 일하러 나가셨다. 흔들의자도 응접실로 돌아갔다. 단지 글로리아 누나만이 남아 자리를 지키고 있었다. 그러나 나는 더 나아지지도 나빠지지도 않았다.

"이 국물 좀 마셔 봐, 아가. 잔디라 누나가 네게 이 닭고기국을 만들어 주려고 검은 암탉을 잡았단다. 냄새가 참 좋지?"

숟가락에서 김이 올라왔다.

'너도 먹고 싶으면 나처럼 해 봐라. 커피에 빵을 담그는 거야. 하지만 삼킬 땐 소리를 내지 마라. 아주 보기 흉하거든.'

"왜 그래, 아가? 죽은 까만 암탉 때문에? 그건 늙은 닭이야. 너무 늙어서 알도 더 못 낳는걸."

'내가 살고 있는 곳을 알아내려고 꽤 애쓴 모양이구나!'

"나도 그 닭이 너희들 동물원 놀이에선 검은 표범이라는 것도 알아. 하지만 그것보다 훨씬 더 무서운 검은 표범을 사지 뭐."

'이 도망자야, 어딜 그렇게 오랫동안 가 있었지?'

"고도이아 누나, 지금은 안 되겠어. 먹었다간 토할 것 같아."

"조금 있다가 줄게, 그때 먹을래?"

그러자 걷잡을 수 없이 여러 가지 말들이 떠올랐다.

'약속할게요. 아주 착해지고, 싸움도 안 하고, 욕도 안 하고,

볼기짝이란 소리도 안 하겠어요. 그러니 늘 당신과 함께 있도록 해 주세요.'

식구들은 내가 다시 밍기뉴와 이야기하는 걸로 생각했는지 걱정스러운 얼굴로 바라보았다.

처음에는 단지 바람에 창문이 흔들리는 소리인줄 알았다. 그러나 자세히 들어보니 그것은 창문을 두드리는 소리였다. 그리고 밖에서 부드러운 목소리가 들려왔다.

"제제!"

나는 몸을 일으켜 나무창살에 기대었다.

"누구니?"

"나야, 문 열어."

나는 글로리아 누나가 깨지 않도록 창살을 살며시 잡아당겼다.

어둠 속에서 기적이 일어나고 있었다. 훌륭하게 장식된 밍기뉴가, 빛을 발하며 서 있었던 것이다.

"들어가도 돼?"

"들어올 수 있으면 들어와. 하지만 소릴 내면 안 돼. 누나가 깰 거야."

"깨우지 않겠다고 약속할게."

그는 침실로 뛰어 들어와 내 곁으로 다가왔다.

"내가 누굴 데려왔는지 잘 살펴봐. 그도 물론 방문객으로 가장했어."

그가 팔을 앞으로 펼쳐 보였을 때 나는 까만 새가 안겨 있는 것을 보았다.

"잘 모르겠어, 밍기뉴."

"넌 굉장히 놀랄 거야. 단단히 마음먹고 있어. 내가 그를 까만 깃털로 장식해 줬어. 예쁘지?"

“루씨아노! 굉장히 예뻐졌구나. 아냐, 넌 늘 예뻤어. 난 네가 ‘깔리화 스또르끄’ 얘기에 나오는 매인 줄 알았어.”

나는 감격하여 그의 머리를 쓰다듬었다. 나는 다른 사람들이 꺼려하는 박쥐까지 사랑으로 대해 주었던 것이다.

“너는 다른 건 못 알아보는구나. 날 자세히 살펴봐. 난 톰 믹스의 황금박차로 장식했어. 켄 마이나드의 모자와 프레드 톰슨의 쌍권총, 리차드 탈마지의 허리띠와 장화도 가지고 있단 말이야. 게다가 아리오발도 씨가 네가 좋아하는 체크무늬 셔츠도 빌려주었어.”

“그렇게 멋진 것들은 처음 봐, 밍기뉴. 어떻게 그 많은 걸 다 빌렸니?”

“네가 아프다는 걸 알고는 다 빌려 주더라.”

“네가 늘 그렇게 멋지게 차리고 있지 못하는 게 유감이야.”

나는 밍기뉴가 앞으로 다가올 자신의 운명을 알고 있는지 살펴보았으나, 그는 아무 말도 하지 않았다.

그가 내 침대 곁에 앉았을 때 나는 그의 눈이 사랑과 성실로 가득 차 있음을 보았다. 그는 내 눈 앞으로 얼굴을 갖다 대었다.

“왜 그래, 슈르르까?”

“슈르르까는 너야, 밍기뉴.”

“그럼 너는 작은 슈르르까야. 난 더 이상 네가 날 사랑해 주지 않아도 좋아. 넌 내게 얼마나 잘해 주었다고.”

“그렇게 말하지 마. 의사가 울지도 말고 흥분하지도 말라고 했어.”

“나도 그러는 건 싫어. 난 네가 무척 보고 싶어서 온 거야. 그리고 네가 다시 건강해져서 기뻐하는 걸 보고 싶어. 살다보면 다 잊혀져. 너하고 산책하려고 왔는데, 가겠니?”

“난 힘이 하나도 없어.”

“맑은 공기를 마시면 좋을 거야. 내가 창문 넘는 걸 도와줄게.”

우리는 밖으로 나갔다.

“운하로 가자.”

“하지만 난 까빠네마 공작 거리로는 가고 싶지 않아. 거긴 영영 지나다니지 못할 것 같아.”

“아수데스 거리를 지나서 가자.”

그러자 밍기뉴는 말로 변해 달리기 시작했다. 내 어깨에는 루씨아노가 기쁜 듯이 올라타고 있었다.

운하에서 밍기뉴는 우리의 카누 위에서 내가 균형을 잡을 수 있도록 손을 잡아 주었다. 카누에는 구멍이 뚫려 있었다. 그곳에서 분수처럼 물이 솟아올라 발바닥을 간지럽혔다.

나는 약간 현기증이 났으나, 밍기뉴가 내가 회복되도록 애쓰는 걸 보니 기분이 좋았다. 약간 가슴이 두근거리기까지 했다.

그때 멀리서 기적소리가 들려왔다.

“너도 들었니, 밍기뉴?”

“멀리서 들리는 기적 소리야.”

굉장한 소음이 들려오고 또 다시 기적 소리가 고요한 적막을 깨뜨렸다.

두려운 생각이 왈칵 솟아올랐다.

“바로 그 자야, 밍기뉴. 망가라치바, 살인자 망가라치바!”

기찻길 위를 달려오는 소리가 더욱 나를 두렵게 했다.

“이리 올라와, 밍기뉴. 빨리!”

밍기뉴는 번쩍이는 황금박차 때문에 힘겹게 카누에 오르고 있었다.

“올라와, 밍기뉴. 내 손을 잡아. 그가 널 죽일 거야. 그는 널 죽이고 싶어해. 널 부셔놓을 거야. 조각조각 내 버릴 거야.”

겨우 밍기뉴가 카누에 올랐을 때, 그 못된 기차가 기적을 울리고 연기를 뿜으며 우리 곁을 지나갔다.

"살인자! 살인자야!"

그래도 기차는 계속 선로 위를 재빨리 달려갔다. 그리고 기차의 걸걸한 목소리가 들려왔다.

"내 잘못이 아니었어. 내 잘못이 아니었어……. 난 잘못이 없어……. 난 잘못이 없어……."

집 안의 모든 등이 켜지고 내 침실엔 반쯤 졸린 듯한 얼굴들이 나타났다.

"가위에 눌렸구나."

엄마는 날 가슴에 안으시며 내 흐느낌을 가라앉히려고 꽉 껴안아 주셨다.

"꿈을 꾸었구나, 아가. 가위에 눌렸던 거야."

글로리아 누나가 랄라 누나와 얘기하는 동안 나는 다시 토하기 시작했다.

"저 애가 살인자라고 소리칠 때 깼어. '죽일 거야. 부셔 놓을 거야. 조각낼 거야'하잖아. 맙소사! 언제쯤 이 일이 끝날지……."

그러나 얼마 안 가서 끝났다. 난 점점 회복되었고 어쩔 수 없이 다시 살아가고 있었다.

어느 날 아침, 글로리아 누나가 밝게 웃으며 들어왔다. 난 침대에 앉아 슬픔과 고통으로 가득 찬 삶에 대해 생각하고 있었다.

"이것 봐, 제제!"

그녀의 손에 흰 꽃송이가 들려 있었다.

"밍기뉴의 첫 번째 꽃이야. 그도 어른 오렌지나무가 되고 있어. 그리고 오렌지도 열게 해 줄 거야."

그녀의 손을 쳐다보았다. 난 이제 그 어떤 것을 보더라도 더 이상 울지 않았다. 밍기뉴는 이런 식으로 내게 작별인사를 하고 싶었던 거야. 그도 이제는 내 꿈속의 세계를 떠나 현실과 고통의 세계로 들어가겠지.

"자, 이젠 아침을 먹고 어제 애기한 대로 집 밖을 돌아보자. 자, 가야지."

그때 루이스 왕이 내 침대 위로 기어 올라왔다. 식구들은 이제 동생이 내 곁에 다가와도 내버려 두었다. 전에는 날 귀찮게 할까 봐 금지했었다.

"제제 형?"

"왜 그러십니까, 꼬마 임금님?"

사실 그 애는 유일한 왕이었다. 카드에 나오는 하트나 다이아몬드나 스페이드나 클로버의 왕들은 그저 카드 놀이 하는 사람들의 손때가 묻은 지저분한 그림에 지나지 않았다. 그리고 또 한 사람. 그 사람은 왕이 될 때까지 살지 못했다.

"제제 형, 난 형과 놀고 싶어."

"나도 그래, 루이스."

"오늘은 나하고 놀아 줄 거야?"

"그래 함께 놀자, 뭐하고 놀까?"

"난 동물원 놀이를 하고 싶어. 그 다음엔 '유럽'에 가고 싶고, 또 '아마존' 정글에도 갈래. 그리고 밍기뉴와 놀 테야."

"내가 피곤하지 않으면 모두 하도록 하자."

글로리아 누나의 행복한 미소 속에 우리는 아침을 먹었다. 그러고 나서 손을 잡고 뒤뜰로 나갔다. 글로리아 누나는 마음이 놓였는지 편한 자세로 문에 기대어 서 있었다. 닭장에 이르기 전 나는 몸을 돌려 누나에게 작별의 신호를 보냈다. 그녀의 눈은 기쁨으로 가득 차 있었다. 갑작스런 성장 속에서도 나는 그녀의 마음 속에 자리잡고 있는 소망을 예측할 수 있었다. 그것은 '하느님의 축복으로 그는 꿈의 세계로 돌아갈 거야 하는 것이다.

"제제 형?"

"응?"

"검은 표범이 없어졌어."

믿지 않는 일을 다시 시작한다는 건 힘든 일이었다. 나는 있는 그대로의 현실을 말해 주고 싶었다.

'바보야, 그건 표범이 아냐, 단지 한 마리의 늙은 암탉일 뿐이야. 내가 어저께 국 끓여 먹었던……."

"두 마리의 암사자만 있구나. 루이스, 검은 표범은 '아마존' 정글로 놀러갔나봐."

그의 환상에서나 가능한 그런 얘기를 하는 게 차라리 더 쉬웠다. 내가 아주 어렸을 때는 나도 그런 것들을 믿었으니 말이다. 어린 왕은 눈을 크게 떠 보였다.

"그 정글로? 괜찮을까?"

"걱정할 필요없어. 하지만 그는 멀리 갔으니까 다시는 돌아오지 못할 거야."

나는 쓸쓸히 웃었다. '아마존' 정글은 단지 열두 개의 오렌지 나뭇가지와 껍질과 잎사귀로 이루어진 것이기 때문이다.

"이봐, 루이스. 제제는 굉장히 피곤해. 돌아가야겠어. 내일 놀자. '빵 데 아쑤까르' 산의 케이블카 놀이도 하고, 네가 좋아하는 걸 전부 다 할게."

루이스는 순순히 내 요구에 응해 주었다. 우리는 천천히 돌아왔다. 루이스는 아직도 현실을 알아채기에는 너무 어렸다. 나는 개울 근처, 아니 '아마존' 강 근처에는 가고 싶지 않았다. 밍기뉴도 그에 대한 매력을 잃은 채 만나기도 싫었다. 루이스는 그 흰 꽃이 우리의 작별 인사라는 걸 모르고 있었다.

늙어가는 나무들

　아직 밤이 오기 전이었다. 새로운 기운이 집 안에 떠돌고 있는 건 확실했다. 평화의 사자가 우리 집 우리 가족에게로 돌아오고 있었다.

　아버지는 모든 식구들 앞에서 나를 무릎 위에 안아 주셨다. 그리고 내가 너무 흔들리지 않도록 천천히 의자를 흔드셨다.

　"다 잊었지, 제제? 다 잊게 돼. 너도 어느 날엔가 아버지가 될 게다. 살다 보면 어려운 시기가 있다는 것도 알게 될 게다. 확실한 것은 아무 것도 없고 끝없이 화만 나고 자포자기에 빠질 때가 있단다. 하지만 지금은 그렇지 않다. 아버진 '성 알레이슈' 공장 지배인이 됐어. 이젠 절대로 크리스마스에 네 신발이 비어 있게 하지 않으마."

　아버지는 잠깐 말씀을 멈추셨다. 아마 아버지도 살아있는 한 그 일을 잊지 않으실 게 틀림없었다.

"우리 여행도 많이 하자. 엄만 더 이상 일하러 가지 않아도 된다. 누나도 그래. 너 아직 그 메달을 갖고 있니?"

나는 주머니에 손을 넣어 메달을 찾아냈다.

"좋아. 네게 새 시계를 사 주마. 메달을 달 수 있도록 해 줄게. 언젠가 네 것이 될 게다."

'뽀르뚜가, 당신은 탄화규소가 뭔지 아세요?'

아버지가 계속 애기하셨다. 그러면서 내 얼굴에 덥수룩한 수염을 갖다 대셨다. 너무 오래 입어 셔츠에서 찌든 냄새가 났다. 그래서 나는 몸을 떼었다. 그리고 아버지의 무릎에서 미끄러지듯 빠져나와 부엌문으로 갔다. 계단에 앉아 불이 꺼진 뒤뜰을 바라보았다. 가슴속에 다시 분노가 일지는 않았으나 약간 마음이 언짢았다.

'저 사람은 왜 날 무릎에 앉혔을까? 그는 내 아버지가 아냐. 내 아버진 돌아가셨어. 망가라치바가 그를 죽였어.'

아버지는 날 쫓아오셨다. 그리고 내 눈에 눈물이 고인 걸 보고 거의 무릎을 꿇다시피 하며 내게 말씀하셨다.

"울지 마라, 아가. 우리는 큰 집을 살 거야. 진짜 강이 뒤에 흐르고 있단다. 큰 나무들도 많이 있어. 그건 전부 네 것이 될 게야. 거기에다 치장도 해 줄 수 있지 않니?"

그는 모르고 있었다. 그는 이해하지 못하고 있는 것이다. 어떤 나무도 내 삶에 있어 '라이냐 까르롯따'만큼 멋있는 나무는 없는 것이다.

"네가 제일 처음 고르는 거야."

나는 그의 발을 내려다보았다. 나막신에서 발가락들이 삐져나와 있었다. 그도 칙칙한 덩굴들을 가지고 있는 늙은 나무, 아빠나무였던 것이다. 그러나 내겐 거의 이해할 수 없었던 나무였을 뿐

이다.

"이 다음에 많이 가질 수 있어. 그리고 네 라임오렌지나무도 그렇게 빨리 잘리진 않을 게야. 그게 잘릴 때는 넌 멀리 있어 그것을 알 수도 없을 거야."

나는 그의 무릎을 잡고 흐느꼈다.

"필요없어요, 아버지. 소용없어요."

그리고 눈물이 한없이 흘러내리는 아버지의 얼굴을 쳐다보며 슬프게 속삭였다.

"저는요 이미 잘라 버렸어요, 아버지. 나의 라임오렌지나무를 자른 지 벌써 일주일이 훨씬 지났어요."

마지막 고백

　사랑하는 마누엘 발라다리스 씨, 오랜 세월이 흘렀습니다. 오늘로서 저는 마흔여덟 살이 되었습니다. 때로는 그리움 속에서 어린 시절이 계속되는 듯한 착각에 빠집니다. 당신은 제게 사랑을 가르쳐 주셨습니다.

　요즘도 전 가끔 딱지와 구슬을 아이들에게 나눠 주곤 합니다. 왜냐하면 사랑이 있는 인생이야말로 진정으로 위대한 것이기 때문입니다. 저는 저 자신의 사랑에 만족합니다. 때론 아주 평범한 것으로 나 자신을 속여 보기도 합니다.

　그 시절, 우리들의 그 시절엔 저는 미처 몰랐습니다. 먼 옛날 마음씨 착한 어린 왕자가 눈에 눈물이 가득 고인 채 제단 앞에 엎드려 이렇게 물었다는 걸 말입니다.

　"왜 아이들은 철이 꼭 들어야만 하나요?"

사랑하는 뽀르뚜가, 저는 너무 일찍 철이 들었던 것 같습니다.
안녕히!

우바뚜바에서
1967년

까뻬친냐 제제의 슬프고도 아름다운 날들

　브라질은 남아메리카 대륙 중앙에 자리 잡은 면적이 아주 넓은 나라이다. 1500년에 포르투갈 사람 카브랄에 의해 발견되어 적색 염료의 원료로 쓰이는 브라질 나무의 이름을 따서 '브라질'로 불리게 되었다. 1531년 포르투갈은 북동부에 식민을 시작하여 유목 생활을 하는 원주민을 내륙으로 내쫓고 아프리카에서 흑인 노예를 들여다가 사탕수수 재배를 시작했다. 17세기에는 식민지 중심이 북동부에서 남부로 옮겨짐에 따라 개척자들이 원주민의 저항을 물리치면서 미개지로 넓혀 오늘의 국경을 확정했다.

　라틴 아메리카에서 브라질은 포르투갈 식민지로부터 발전한 유일한 나라로, 19세기 첫 무렵 포르투갈 왕가를 받드는 왕국으로 독립, 19세기 끝 무렵 노예제도를 폐지하고 공화저가 되었다. 세계 최대의 물량을 자랑하는 아마존 강을 비롯 큰 강이 많으며 연중 30℃ 오르내리는 열대성 기후로 아마존 유역 일대는 밀림에 덮여 있다. 석유·우라늄 등 천연자원이 풍부하나 미개발 상태이며 사탕수수·커피·카카오 등 특정농산물 생산이 이 나라 경제의 바탕을 이룬다.

인구의 70퍼센트는 동부와 남부 지방에 살고 있으며 포르투갈인의 자손, 유럽 이민, 노예로 팔려온 흑인, 원주민(인디오), 동양계 이민 등 여러 종족이 혼혈되어 있어서 인종구성이 매우 복잡하다. 언어는 포르투갈어, 그 밖에 스페인어, 이탈리아어도 사용된다. 여러 나라 인종이 사는 만큼 저마다 고유문화의 영향 아래 전통적인 포르투갈 문화를 받아들여 독특한 브라질 문화를 이루어 가고 있다.

브라질은 땅이 넓은 데 비해 인구가 적고 교사가 부족해서 총 인구의 50%가 문맹이라는 큰 문제점을 갖고 있다. 종교는 가톨릭이 전 국민의 94%로 압도적이지만, 아프리카 토착종교와 완전히 밀착되어 있다.

'나의 라임오렌지나무'는 브라질의 상파울로 곁 작은 도시 방구에 사는 한 철부지 어린 아이가 가난하고 고달픈 삶 속에서도 꿈과 사랑을 간직하며 성장해 가는 모습을 그린 이야기다. 각박한 현실의 삶 속에서도 개구쟁이 소년 제제는 어린 동생 루이스, 글로리아 누나, 라임오렌지나무, 학교 선생님, 뽀르뚜가 등 끊임없이 사랑의 대상을 만들어간다.

소년의 꿈과 환상이던 사랑의 대상이 무참한 현실에 의해 짓밟혔을 때 제제는 가슴 아픈 상처를 받게 된다. 그러나 이런 깊은 상처로 소년 제제는 현실에 눈을 뜨고 어린 아이에서 어른으로 성장하게 된다.

지은이 J. M. 데 바스콘셀로스(José Mauro de Vasconcelos)는 1920년 2월 26일 리오 데 자네이로의 방구 시에서 태어났다. 고등학교를 마치고 2년 간 의학공부를 하기도 했으나, 가난한 집안 사정 때문에 학업을 중단하고 생계를 위해 일을 해야 했다. 리오 해안 농장의 바나나 배달꾼, 카페 종업원, 막노동꾼, 초등학교 교사 등 여러 일을 하면서도, 열심히 책을 읽고 여행을 하며 실제 생활을 토대로 한 철저한 체험주의 작품을 썼다.

그는 정겨운 어린 눈으로 비참하고 불행한 사람들의 생활을 꾸밈없이 묘사했으며, 브라질의 구석구석을 돌아다니며 보고 느낀 것들을 옮겨 적고 또 인디언들의 환경과 생활을 소재로 글을 썼다.

'나의 라임오렌지나무'도 자신의 어린 시절을 드러낸 자전적 작품이며 그 밖에도 '로징냐, 나의 쪽배' '수정돛배' '성난 바나나' '햇빛사냥' 등 여러 책을 지었다.

그는 1984년에 브라질 국민의 슬픔과 애도 속에서 64세의 나이로 세상을 떠났다.

아이라는 존재는 불완전한 인간이며 인생의 단계에서 차지하는 비중이 미미하다는 인식이 일반적이었다. 아이가 신의 은총을 받은 피조물이며 아이의 시기가 평생 지속되는 영감의 원천이라는 생각은 근현대에 와서야 나타난 것이다. 그것은 낭만주의의 산물이었고, 이 시기에 어린이를 주인공으로 한 많은 고전 작품들이 등장하기 시작했다.

'나의 라임오렌지나무'는 낭만적인 아동관을 바탕으로 한다. 다섯 살 어린 아이가 짧은 기간동안 여러 가지 일을 겪으면서, 키보다도 훌쩍 커가는 마음에 대해 가지는 의문, 갈등, 사랑에 대한 갈망을 아이의 시각에서 보여준다. 결국 나이에 비해 조숙했던 주인공 제제는 자신이 어떻게 성장해 왔는가를 회고하면서, '사랑 없는 삶은 무의미하다'고 중년의 목소리로 이야기한다. 어린 제제의 갖가지 체험은, 사랑이 의미 있는 삶의 원천이라는 교훈을 준다.

제제는 가족들에게 말썽꾸러기 취급을 받는다. 그는 가족이라는 울타리 안에서 소외됨으로 인하여 받은 상처를 빨강머리 앤의 앤 셔리처럼 자신의 상상의 세계에서 치유한다. 라임오렌지나무에 생명을 불어 넣어 새 친구로 삼고, 집 뒷마당을 광활한 아마존 정글로 만들며, 서부영화 주인공들과 대초원을 달리며 들소 사냥을 한다. 불가능한 일은 없었다.

상상 속에서 외로움을 달래던 제제는 뽀르뚜가를 만나면서 드디어 마음 속 가득 사랑을 채우게 된다. 그는 제제에게 또 다른, 어쩌면 진정한 아버지였다. 마음이 통한 두 사람이 보여주는 나이를 초월한 우정은 다소 현실감이 떨어질지도 모르나, 읽는 이에게 더할 나위 없이 큰 감동을 주고 진정한 '사랑'의 의미를 일깨워준다.

주인공 제제는 동화문학에서 많이 볼 수 있는 그저 착하고 순수하기만 한 존재는 아니다. 작품 안에서도 '악마'라고 표현되는 제제의 여러 모습을 엿볼 수 있다. 이것저것 새로운 장난을 생각해내어 이웃들을 괴롭히고, 자신을 구박하는 누나들에게 반항하고 욕을 하며, 크리스마스 선물을 주지 못하는 가난한 아버지에게 원망의 말을 하여 상처를 주는 모습은 일반적인 동화문학 주인공의 모습과는 사뭇 다르다.

제제의 장난과 반항은, 그가 정말로 '악마'의 마음을 가지고 그러는 것이 아니다. 그 또래 아이들의 순수함의 한 모습일 뿐이며, 야단을 칠망정 미워할 수는 없는 행동이다.

아이라는 존재는 우리의 어린시절을 돌아봐도 알 수 있듯, 어른들이 바라는 것처럼 말 잘 듣고 바르기만 한 존재는 아니지 않은가? 그들도 어른들과 마찬가지로 분노하고, 이기적이고, 반항하며, 어리석은 생각도 한다. 이것이 이 작품이 더욱 현실적이고 독자들이 공감을 가질 수 있는 이유이며, 주인공 제제에게 생명력을 불어넣어주고 있다.

　제제가 오로지 '악동'의 모습만을 보여주고 있지는 않다. 어린 동생을 정성껏 보살피고, 항상 꽃병이 비어있는 선생님을 위해 꽃을 꺾어 가져오며, 자신의 잘못을 바로 뉘우치고 아버지께 드릴 담배를 사기 위해 크리스마스에 구두닦이를 나가는 제제의 모습은, 우리에게 눈물과 미소를 동시에 짓게 만든다. 또 선의에 의한 선물이라도, 정당한 노력의 대가가 아니면 과감히 거절할 줄 아는 어른스러움도 읽는 이를 흐뭇하게 한다.

　까뻬친냐(작은 악마) 같으면서도 미워할 수 없는 제제, 그를 통해 가족과 사랑의 의미와 어린시절의 아름다웠던 설렘을 추억해본다.

제제를 처음 만나게 해주신
상파울로의 홍성욱 선생님께 감사를 드리면서
최정은

옮김·그림 최정은
서울여자대학교 및 이화여자대학교 산업미술 대학원 졸업, 동서문화 편집인.
엮은 책으로 《주시경》《김정희》 등이 있다.

그림 정우희
전남대학교 졸업
딱따구리 그림작가 이우경상 수상

1956

나의 라임오렌지나무

J. M. 데 바스콘셀로스 지음
최정은 옮김/최정은·정우희 그림
1판 1쇄 발행/1988년 6월 5일
1판 14쇄 발행/2017년 7월 7일
발행인 고정일
발행처 동서문화사
창업 1956. 12. 12. 등록 16-3799
서울 중구 다산로 12길 6(신당동 4층)
☎ 546-0331~6 (FAX) 545-0331
www.dongsuhbook.com
＊

사업자등록번호 211-87-75330
ISBN 978-89-497-1623-7 03890